L'Arcipelago Einaudi

24

© 2003 Giulio Einaudi editore s.p.a., Torino

www.einaudi.it

ISBN 88-06-16530-5

Tiziano Scarpa

Cosa voglio da te

Einaudi

Cosa voglio da te

Abitavo a due passi da un negozio di cravatte

Abitavo a due passi da un negozio di cravatte, in una via secondaria di una città del nord. La via era dedicata allo scienziato sacerdote Lazzaro Spallanzani, che il 3 settembre 1788 salí sul monte Etna fino ai bordi del cratere, dove meditò a lungo dinanzi al ribollire della lava.

Nel negozio di via Spallanzani lavorava una commessa. Aveva i capelli biondi come un tizzone di braci. Di solito li raccoglieva in una treccia, ma almeno una volta alla settimana li teneva sciolti sulla schiena. Le arrivavano sotto la cintura.

Passavo ogni giorno davanti al negozio di cravatte, ma non osavo fermarmi davanti alla vetrina. Sbirciavo i capelli della commessa, rapinosamente, senza smettere di camminare. Le ricadevano dietro le spalle accarezzando morbidi maglioncini. Mi guardavo intorno, stupito dell'assenza di alveari. Come mai dentro quel negozio non volava nemmeno un'ape? Com'era possibile che gli sciami golosi di miele non dimorassero accanto a quella capigliatura?

Ogni giorno passavo e ripassavo davanti al negozio di cravatte. Non avevo il coraggio di soffermarmi davanti alla vetrina. Adocchiavo la commessa tutta sola, intenta a leggere un libro, senza dubbio un romanzo d'amore. Ogni tanto, nel negozio s'intravedeva un cliente. Si provava decine di cravatte per strozzarsi davanti a lei.

Rincasavo. La immaginavo nuda, diritta, con i capelli di miele che le colavano lungo la schiena. Ai suoi piedi, decine di signori in camicia e mutande la imploravano cantando inni gutturali. Si annodavano una cravatta di magma intorno al collo, la stringevano a strattoni.

– Non è la mia misura, non è la mia misura! – rantolavano i signori in mutande, strabuzzando gli occhi. Si strangolavano.

Immaginavo la commessa nuda, in piedi, avvolta nella sua cascata di capelli. Con le dita formavo un cappio intorno al mio sesso, lo tenevo stretto nella mano. I signori in mutande vacillavano sulle gambe pelose, stramazzavano al suolo tutti quanti insieme. La commessa nuda mi porgeva la sua capigliatura e la annodava gentilmente intorno al mio collo, attirandomi a sé. In quel momento mi sentivo pungere da uno spasmo acuto. Dal mio sesso sbolliva un fiocco liquoroso.

Scrissi una poesia dedicata alla commessa. La intitolai: *Ai tuoi capelli*. La rilessi. Era una poesia commovente. Immaginai la mia commessa che la leggeva, nuda, in piedi. Intorno a lei, i cadaveri dei signori pelosi si rodevano dall'invidia. Mi masturbai. Ne scrissi un'altra. La intitolai: *Ai tuoi capelli*. Ne scrissi un'altra ancora. La intitolai: *Ai tuoi capelli*. Si intitolavano tutte: *Ai tuoi capelli*. Scrivevo e mi masturbavo, mi masturbavo e scrivevo. Mungevo l'amore da me stesso. Fantasticavo.

Scelsi la poesia piú ispirata. Comprai un foglio di carta di canapa cruda. Lo piegai e lo ripiegai, con il tagliacarte ne ricavai decine di biglietti della grandezza di una banconota. Intinsi il pennino nell'inchiostro dorato, distillato dalla fabbrica di pigmenti Windsor & Newton. Copiai e ricopiai la mia poesia. Scelsi la copia con la calligrafia che dava l'impressione di essere la piú spontanea.

Attesi il giorno in cui la commessa indossava i suoi capelli sciolti. Mi feci coraggio. Per la prima volta, entrai nel negozio.

La commessa mi guardò negli occhi. Mi sorrise.

Non riuscivo a parlare. Strinsi i denti. Mi feci capire a ge-

4

sti. Indicai la cravatta piú costosa, la cravatta di seta viola. La comprai senza provarla. Lasciai scivolare sotto le banconote il biglietto di canapa cruda istoriato dai miei versi d'oro.

Corsi fuori dal negozio. Boccheggiavo.

Mi barricai in casa. Sprangai la porta e rinserrai le finestre.

Per una settimana non ebbi il coraggio di uscire dalla mia stamberga. Non mangiai pressoché nulla. Non avevo fame. Non abusai sessualmente di me stesso, né del fantasma della commessa. Bevvi molto vino.

L'ottavo giorno telefonai al fido Scarpa, l'amico che mi dava qualche soldo in cambio delle autoradio e dei fanali di bici che riuscivo a rimediare per le strade. Gli illustrai la situazione. Lo mandai in avanscoperta.

Attesi accanto al telefono. Sospiravo.

Mi richiamò quella sera stessa. Era passato davanti al negozio, aveva investigato attraverso la vetrina.

– La tua bella biondona – mi riferí il fido Scarpa – non c'è piú. Al suo posto lavora un tipo con i capelli rasati.

Mi sentii mancare.

Per tutta la notte restai come stordito. Feci incubi da sveglio, con gli occhi sbarrati nel buio.

La mattina dopo decisi di porre fine alla mia clausura. Barcollando, mi feci strada verso la luce. Aprii la porta dell'appartamento che dava sul pianerottolo, all'ottavo piano. Affrontai il capogiro delle scale, il sozzo travaglio dell'atrio.

Un lembo di chiarore abbacinante, poggiato sulla cassetta della posta accanto al portone, mi ferí gli occhi. Era un pacchetto di carta bianca. C'era scritto: «Al compratore di cravatta viola».

Lo aprii.

Dall'involto cadde a terra un biglietto. Lo raccolsi:

Gentile Signore,

mi perdoni se apro il mio cuore a Lei. L'amore della mia vita mi rifiuta. Egli non mi vuole o, il che è lo stesso, non mi

5

merita. La ringrazio per i versi cosí sentiti che ha voluto dedicare alla mia capigliatura. Le faccio dono della parte di me a Lei tanto cara.

L'involto conteneva la treccia della commessa. Un crampo mi torse lo stomaco. Vomitai vino e succhi gastrici su quella febbricitante cascata di miele.

Non mi reggevo in piedi. Tornai di sopra nella mia stamberga. Svenni. Quando mi riebbi, fissai la treccia al moncherino di lampadario che pendeva al centro del soffitto. Salii su una sedia, saldai la treccia attorno alla gola, deciso a impiccarmi. Saltai a terra. Una pioggia di calcinacci mi piombò sulla testa. Il moncherino del lampadario mi colpí sulla fronte, lacerandomi la pelle. Sentii il sangue caldo colarmi sulla faccia, fino in bocca.

Mi avvolsi un asciugamano intorno alla testa.

Dopo che ebbi finito di medicarmi la fronte, annodai un elastico attorno a un capo della capigliatura e sciolsi il resto della treccia bionda che puzzava di vino e sangue.

Riempii la vasca da bagno di acqua fredda, vi feci gocciolare qualche stilla di sapone liquido. Immersi la capigliatura legata con l'elastico, sventagliai con delicatezza la coda di cavallo che si sparpagliò sull'acqua come un fiotto di anemoni vivi. Dopo un'ora la tirai fuori dall'acqua e la appesi sullo stenditoio. La lasciai sgocciolare in tranquilla solitudine.

Quando rientrai in bagno, nel pomeriggio, la capigliatura rifulgeva impregnata di luce, come una colonna di fibre ottiche incandescenti. Un raggio di sole la attraversava infiammandola di bagliori, sembrava una fune di tungsteno galvanizzata da un flusso di elettroni.

Accesi la mia radio, ruotai la manopola della sintonizzazione alla ricerca di una musica solenne.

Sposai la capigliatura della commessa.

Come anello nuziale, le infilai un cilindro d'argento, unico superstite di un antico corredo di portatovaglioli.

Quella notte andai a letto con la mia nuova consorte.

Iniziò cosí il nostro matrimonio felice.

La mia amata mi riamava di amore appassionato.

Sapeva essere molto spiritosa, i suoi ciuffi si raggruppavano in piccoli pennelli piumati che mi vellicavano sotto le piante dei piedi, sui fianchi teneri del tronco, sotto le ascelle, facendomi traboccare in sonore risate.

La acconciavo con dolcezza in treccine lasche, appendevo sulle punte dei capelli alcuni piccoli coralli, dov'erano incastonati frammenti di lampadina. Mi fustigavo la schiena di notte, nella mia stanza, percorrendo innumerevoli giri intorno a una candela accesa sul pavimento. Di mattina sciacquavo il sangue secco dalla pelle della schiena, mi guardavo allo specchio per leggere alla rovescia i graffiti che il mio amore aveva scritto su di me.

Arrotolavo alcuni capelli alle chiavi di una vecchia chitarra. Pizzicavo le corde sottili con la punta delle unghie. Mi rispondevano tintinnando metallicamente.

A volte li separavo pettinandoli uno per uno, li facevo scorrere fra i miei polpastrelli insalivati. Li appendevo alla finestra, uno accanto all'altro, con pazienza, guardavo il paesaggio striato trapelare dietro il velo biondo, oltre le esilissime sbarre, attraverso i filamenti di pioggia disegnati dai capelli.

Li spostavo tutti quanti, dalla finestra alla porta della camera, uno alla volta, rimontavo la tenda di capelli sotto l'architrave, entravo, uscivo, rientravo. Oltrepassavo avanti e indietro quella soglia di capelli, li fendevo con il naso, li sentivo scorrere sulla mia faccia mentre avanzavo di un passo.

Ricomponevo la coda di cavallo, che colava densa e pastosa nelle mie mani, si inerpicava sul mio corpo come la femmina di un serpente, un fallo sfrangiato da migliaia di fessure. Di notte mi facevo spazio dentro quella foresta di vagine.

Vivemmo felici cosí per un mese.

Poi, una notte, la mia consorte mi fece un discorso che mi turbò molto:

– Amore mio, tu sei sempre piú debole e pallido. Perdi sangue, non mangi per causa mia. Io non posso sopportarlo. Guardami bene: guarda come mi intristisce averti ridotto in questo stato.

La esaminai con occhi nuovi: era leggermente infeltrita, i suoi capelli cominciavano a sfibrarsi. L'avevo lavata troppe volte, con esagerato vigore l'avevo strofinata sul mio corpo. La capigliatura mi sussurrò quale sarebbe stato il suo e il mio destino.

Obiettai. Protestai. Arrivai a strillare, a umiliarmi. La scongiurai in ginocchio. Non ci fu nulla da fare.

Telefonai al fido Scarpa per proporgli l'affare. Mi ascoltò in silenzio, poi sbottò:

– Senti, non me ne frega un cazzo di una vecchia parrucca. Anzi, se devo dirtela tutta, mi fa pure un po' schifo –. In compenso mi suggerí un indirizzo di via Tertulliano.

Accarezzai il mio amore, la lavai per l'ultima volta. La pettinai con un olio profumato. Splendeva come il giorno del nostro matrimonio.

Incartai la capigliatura dorata in un involto candido, la portai nel negozio di via Tertulliano. La proprietaria era quasi calva, sulla sua testa brulla qualche ciuffo giallastro sembrava dimostrare alle clienti la necessità di mascherare simili devastazioni.

Consegnai l'involto di carta alla proprietaria. Valutò il mio amore con malagrazia, palpando la capigliatura fra le sue dita rugose.

– Una matassa cosí può trasformare in una gnocca anche una cessa, – commentò.

Mi diede una cifra sufficiente ad acquistare tre cassette di vino e un'ora con una puttana.

Rientrai a casa dopo un'ora e mezza, trascinando tre cassette di vino su per le scale. Mi abbrutii per un'altra settimana, o forse di più. Il tempo non si lasciava contare, né contava più nulla per me.

Di notte andavo in via Tertulliano, in pellegrinaggio presso il negozio di parrucche, a spiare il mio amore che sfavillava fra le teste in offerta speciale. Avevano straziato i suoi nastri d'oro soffice arricciandoli in un cespuglio di boccoli.

Le mandavo baci, stampavo le mie labbra sulla vetrina, accarezzavo lo schermo trasparente che ci separava. Disegnavo con la punta delle dita i contorni inanellati della sua immagine.

Benché mi rivolgesse la nuca, con quel folto rigoglio di antenne a spirale, la capigliatura non sembrava avermi riconosciuto. Decine di riccioli si aprivano come orbite cieche, mi fissavano con i loro sguardi cavi. Mi illudevo che il mio amore facesse finta di nulla per risparmiarmi altra sofferenza. Irrigidendosi in quella posa altera forse pensava di aiutarmi: se non a detestarla, almeno a placare me stesso con una qualche forma di rassegnazione.

Mi rassegnai. Mi chiusi in casa. Bevvi altro vino.

Poi, una mattina, dissi basta. Era venuto il momento di uscire allo scoperto. Mi diressi verso il negozio di cravatte in via Spallanzani. Volevo confidarmi con la commessa. Ero intenzionato a dirle tutto.

Vidi il suo cranio rasato attraverso la vetrina. A suo tempo, quel drastico taglio di capelli aveva ingannato il mio amico: ignaro del sacrificio della capigliatura bionda, il fido Scarpa doveva aver pensato che si trattasse della testa di qualcun altro.

Entrai nel negozio di cravatte. La commessa mi dava le spalle. Ne approfittai per confessarle il mio dolore, senza lasciarmi intimidire dai miei stessi preamboli:

– Mi sono innamorato dei tuoi capelli – cominciai a dire d'un fiato. – Li ho amati più della mia vita, e ne sono stato riamato, ma alla fine mi hanno voluto abbandonare.

9

Non posso vivere senza di loro. Tu li hai avuti presso di te per cosí tanto tempo: insegnami come fai a rinunciare alla loro carezza. Come è possibile vivere senza? E se non è possibile, come posso riconquistarli? Dimmelo tu, che li hai sentiti crescere su di te, e ne conosci dall'interno ogni intima fibra.

– Mi sta prendendo per il culo? – mi rispose la commessa con una sconcertante voce baritonale.

La testa che aveva parlato si girò. Il volto era quello di un ragazzo, piantato sul corpo di un giovane adulto maschio.

Ci fu qualche istante di imbarazzo. Gli spiegai, biascicando, il mio equivoco.

– Ah, la capellona, – mi disse il ragazzo, con un'espressione stolida in viso. – Si è licenziata. Mai piú vista.

Non ci fu verso di ottenere da lui altre informazioni. La mia dichiarazione d'amore per la capigliatura della commessa doveva avermi messo in cattiva luce. Oppure, quel giovane uomo meschinamente pelato provava gelosia per la mia passione.

Vagai per le strade, offuscato da pensieri brutti. Senza farlo apposta mi ritrovai in via Tertulliano, di fronte al negozio di parrucche. La vidi sfavillare dall'altra parte della strada. Fu questione di un attimo: «Riavrò la vita della mia vita, – decisi, – costi quello che costi». Non avevo un soldo in tasca, ma avrei dato un braccio per riaverla.

Attraversai la strada e sentii un tuffo al cuore. Nella vetrina brillava una zucca calva di polistirolo granuloso. La capigliatura non c'era piú.

Entrai nel negozio con il cuore in tumulto.

La proprietaria mi assicurò che la parrucca era stata venduta pochi minuti prima. – L'ha comprata una tipa, – mi informò.

Mi gettai per la strada, correndo alla rinfusa. Scansai macchine, inciampai su una madre che spingeva la sua carrozzina. Mi muovevo febbrilmente, senza una direzione, lasciandomi guidare da una mistica lucidità. Mi espandevo a macchia d'olio.

All'improvviso davanti a me si spalancò una piazza, presidiata dalla statua di un panciuto condottiero.

Un'aureola d'oro lampeggiava sul marciapiede come un semaforo semovente.

La avvistai.

La riconobbi.

La raggiunsi.

Le camminai alle spalle per qualche passo.

Protesi un braccio, la sfiorai con indicibile emozione.

La ragazza che la indossava si voltò, mi puntò addosso il suo sguardo incollerito.

– Che cazzo vuoi!? – mi apostrofò.

Spiegai con molta calma che cosa ci stava accadendo. La rassicurai. Le offrii una somma esorbitante.

– Gira al largo, – rispose la portatrice abusiva del mio amore.

Allora le misi una mano sulla nuca, afferrai una ciocca, la strattonai per staccare la chioma adorata da quel cranio posticcio. La capigliatura non si scollava. Tirai piú forte. Fra le dita mi rimase un piccolo ciuffo di capelli e un lembo di pelle ancora viva.

La ragazza si mise le mani sulla testa e mandò un grido acuto.

– Mi sta scalpando, – strillava, – questo mostro mi sta scalpando!

Poi sopraggiunse uno di quegli scagnozzi armati che difendono il denaro delle banche. Qualcosa di solido si abbatté su di me. Caddi a terra picchiando la testa.

Mi risvegliai molte ore dopo in questa dimora piena di luce.

Sto aspettando il mio primo bambino

Sto aspettando il mio primo bambino. Sono incinta di otto mesi, e sono molto preoccupata. Una non ci pensa, al parto, finché non è incinta. Quando meditavo sul parto in astratto, cioè con la pancia vuota, pensavo solo che doveva essere una cosa bellissima avere un bambino.

Per tutta la gravidanza ho collezionato racconti di parti che hanno avuto complicazioni di ogni tipo: per il bambino, ma soprattutto per la madre. E anche per il padre.

Girano un sacco di storie truculente sulle sale parto.

Certe partorienti, durante il travaglio, maledicono a tutta forza il padre del bambino. Non un cattivo uomo, no. Al contrario: il classico ometto femministicamente presente, poverino, che tiene la mano della partoriente fra le sue zampette, e le sussurra paroline dolci, di incoraggiamento. A un uomo cosí, una partoriente sconvolta dal dolore gli sbatte addosso offese spaventose. Chi è che l'ha fecondata? Lui, no? E allora è lui, il colpevole! Il bambino mette fuori la testa dalla vagina, e già urla insieme alla madre. Il neopaparino si trova di fronte un mostro a due teste che gli gridano in coro «bastardo assassino».

Il parto cesareo? Una cosa da nulla. Come se fosse normale farsi tagliuzzare a crudo. La macelleria delle sale parto viene accettata come un fatto pacifico, è quasi scontato. Con poche eccezioni. Ci sono i metodi naturali, la levatrice cicciona che ti suona il campanello di casa, il catino di acqua calda... Ma di recente ho conosciuto una presentatrice della tivú, una che fa una trasmissione di battibecchi fra uomini e donne: il suo bambino lo ha partorito in anestesia totale. Lo ha chiesto lei, di farsi anestetizzare.

– Mi sono addormentata, ho riaperto gli occhi e mio figlio era disteso sul mio petto. È stato come sognare…

Si inteneriva ancora, raccontandomelo, quell'ardimentosa. L'ho compatita, sul momento.

Che cosa succede alle partorienti in coma? Come faranno le ostetriche a svuotarle?

Sono arrivata a desiderare un incidente: ma sí, un piccolo incidente… Una bottarella in testa, di quelle che ti tolgono la coscienza per un mesetto: giusto il tempo di risvegliarti mamma, con un marmocchio che se la ronfa beato fra le tue tette. Senza doverla chiedere, l'anestesia.

Sto rivalutando la presentatrice.

Anche i maschi partoriscono. Io l'ho visto con i miei occhi, domenica scorsa. Il parto si è svolto all'aperto, di pomeriggio. L'ho potuto osservare a una decina di metri, dalla tribuna a bordo campo.

Un parto maschile si svolge cosí. C'è una tonnellata di carne umana buttata per terra. I padri partorienti si ammassano senza un criterio. Le spine dorsali si intrecciano in un groppo, rimangono immobili per qualche secondo, schiacciate da se stesse, e poi all'improvviso fanno di tutto per divincolarsi. I maschi annodati a terra si irritano. La catasta non sopporta piú il proprio peso. L'energia del nascituro li spinge da sotto, fa sobbollire dall'interno quella calca. La creatura è ancora sepolta sotto l'ammasso di corpi, comincia a espandersi, ecco, vuole nascere. Il mucchio di carne maschile sembra che voglia esplodere, sboccia. Petali da un quintale l'uno si aprono rabbiosamente, si strappano via dalla corolla.

Fra i padri partorienti non c'è collaborazione, nessuno dà direttive per organizzare la nascita con un po' di metodo. Guardando da fuori verrebbe naturale dare la precedenza allo strato esterno. La mancanza di collaborazione peggiora le cose, il nodo di corpi si complica: ma evidentemente questa confusione fa parte del travaglio maschile. Avambracci incastrati in cumuli di cosce vengono disincagliati a strattoni, e c'è anche chi affonda la scarpa rostrata nel collo del vicino, per puntellarsi e estirpare l'altro piede conficcato sotto una pila di pance.

I grandi padri matronali si staccano uno dopo l'altro da quel ventre con le doglie, un ventre fatto di teste, toraci, braccia e gambe. Appena si rimettono in piedi, però, si disinteressano del corpaccione in travaglio: si voltano e trotterellano via un po' azzoppati, massaggiandosi una spalla.

In pochi secondi, la polpa di corpi si è sfaldata, ha messo a nudo il suo nocciolo. La confraternita di padri ha dato alla luce un neonato lungo due metri, peloso, sporco di fango. Il neonato aveva le braccia strette al petto e le ginocchia raccolte. Sulla schiena portava cucito il numero 7.

I maschi mettono al mondo figli già adulti.

Il neonato numero 7 era disteso a terra sul fianco, ancora accoccolato in posizione fetale. Aveva gli occhi chiusi, e un'espressione un po' corrucciata. L'uomo neonato disteso a terra proteggeva un uovo, un grande uovo di Pasqua appuntito alle due estremità. Lo stringeva in grembo, per tenerlo al caldo. Il guscio dell'uovo maschile è spesso, coriaceo: si presenta come una vescica di cuoio, a spicchi, uniti da suture longitudinali. Dunque quell'uomo non era il neonato! Era il puerpero gallinaceo, detto anche *padre ovopositore*.

I maschi sono ovipari. E le loro uova non contengono nulla.

Il numero 7 era abituato a guardare un campo da rugby da quella posizione. Quando riapriva gli occhi dopo essere rimasto incastrato sotto una mischia, ne approfittava per

dare un'occhiata al paesaggio. Per qualche secondo restava
cosí. Si godeva la vista rasoterra del prato, con la guancia
spaparanzata sull'erba.

In quegli attimi di contemplazione, si ritrovava davanti
al naso pezzetti di partita disseminati tra i fili d'erba. Un
paradenti. Un dente incisivo intero. Un ciuffo di capelli ancora attaccati a un quadratino di cuoio capelluto. Un orec-
chino. Un lobo d'orecchio. Un lobo d'orecchio con un orec-
chino. Questa volta però il numero 7 si è ritrovato davanti al naso una cosa che non aveva mai visto in vita sua, in
un campo da rugby.

Ha aperto gli occhi e ha visto la margherita. Una margheritina era sopravvissuta alla mischia, come se niente fosse. Se ne stava tranquilla in cima al suo stelo. Svettava, can-
dida da far paura, intatta.

Lui si è rimesso in piedi. Tutto era uguale a prima, tutto era cambiato. Adesso era un uomo completamente diverso. Era ripieno della visione della margherita.

Quell'uomo gigantesco, con il numero 7 cucito sulla
schiena, per mezz'ora ha corso come un forsennato, caricando a testa bassa, abbattendo piloni, fracassando costole. E al diciottesimo minuto del secondo tempo ha provo-
cato anche il distacco di una retina. Portava in giro il suo
quintale abbondante di muscoli e ossa sgambettando leg-
giadro. Ha placcato, ha sfondato, ha oltrepassato la linea
di meta tre volte, con l'uovo di cuoio stretto al petto. Ha
deposto il suo uovo nel nido dei nemici. Per tre volte in un
quarto d'ora.

A bordo campo, l'allenatore seguiva la partita ammuto-
lito. Ha smesso di incitare, ha lasciato perdere gli schemi
di gioco. Aveva un mozzicone di sigaretta spenta fra le labbra. L'unica cosa che si muoveva del suo corpo erano gli
occhi. Stava a guardare.

L'arbitro ha comandato una mischia vicino al fiorellino.
In pochi secondi i giocatori delle due squadre hanno for-

mato una testuggine fatta di venti schiene. Ma a trascinare la mischia lontano dalla margherita è stata la forza di un unico trattore a due gambe.

A cinque minuti dalla fine ha segnato la sua quarta meta. Adesso la sua squadra era sotto di un punto, a un passo dalla promozione in serie A.

Il numero 7 ha sistemato l'uovo di cuoio piantandolo un po' obliquamente per terra. Il suo compagno di squadra, lo specialista in calci di trasformazione, non ha fiatato, non ci ha nemmeno provato a protestare che il calcio toccava a lui. Il numero 7 ha preso la rincorsa, l'uovo è schizzato in alto, roteava, il bambino ha fatto una capriola nella mia pancia, lo sentivo dire: «Mamma, perché non mi procuri un papà così?»

L'uovo di cuoio ha superato la traversa in mezzo ai due pali. La meta è stata trasformata. I nostri sono passati in vantaggio di un punto.

Sono incinta di otto mesi, e sto per mettere al mondo un bambino senza padre. Il padre spermatico di mio figlio si è comportato da gentiluomo.

È andata così.

Io gli ho detto: – Sono incinta.

Lui mi ha detto: – Abortisci.

Si è offerto di pagarmi le spese della clinica, fino all'ultimo centesimo. E così, nella mia vita sentimentale si è formata all'istante una nuova coppia. Ho lasciato il gentiluomo. Mi sono legata per sempre al mio bambino.

Alla fine un aborto l'ho fatto. Ho abortito il padre di mio figlio.

I nostri difendevano il punticino di vantaggio che li avrebbe portati in serie A. L'allenatore a bordo campo ciancicava fra le labbra la sua sigaretta spenta.

All'ultimo minuto, un nemico con il fisico asciutto si

fa largo nella nostra difesa, evita un placcaggio, si infila fra due colossi un attimo prima che si chiudano come un portone, sbattendo uno contro l'altro. Il nemico corre agile con l'uovo al petto, alza lo sguardo e vede davanti a sé la faccia feroce del numero 7. Il nemico non ce la può fare: è troppo leggero, troppo mingherlino. Fra un attimo andrà a infrangersi contro il numero 7, e le sue ossa si spezzeranno tutte insieme, come una busta di grissini schiantata da un pugno. È troppo tardi, ormai non può evitare di immolarsi, allora accenna una finta, senza crederci, un movimento prevedibilissimo. Chiude gli occhi, è rassegnato a spiaccicarsi contro la nostra roccia. Butta avanti il torace, si disunisce come fanno i velocisti quando si gettano sul traguardo, gli si slaccia la coordinazione della corsa.

Non gli succede niente.

Il nemico sente che le sue gambe continuano a correre sbrigliate, per altri tre o quattro passi. Riapre gli occhi, riprende il controllo delle falcate, poi si tuffa in avanti sull'erba, si ritrova disteso, l'uovo tocca terra fra le sue braccia oltre la linea di meta. I suoi compagni gli si ammucchiano addosso per festeggiarlo, ma prima di essere sepolto sotto quella valanga di corpi, il nemico fa in tempo a voltarsi a dare un'occhiata. Riesce a vederlo: il numero 7 è ancora al suo posto, si è accucciato ad accarezzare qualcosa.

Un uomo cosí, ecco. Io vorrei un uomo cosí.

Un gigante gentile, uno che sprizza rabbia e sudore da tutti i pori. Un uomo che vede una margherita in un campo da rugby, e da quel momento è pronto a sacrificare anche la promozione in serie A. Tutto, pur di difendere quel fiore cresciuto in un catino di fango e pestoni.

Io vorrei un uomo cosí.

Un bestione romantico. Un uomo che sprizza corpo e

poesia da tutti i pori. Noi vorremmo un uomo cosí: io e mio figlio. Sono sicura che anche il mio bambino è d'accordo.

E allora perché non succede mai? Perché gli uomini che difendono le margherite, alla fine della partita, non salgono i gradini della tribuna per venire a domandarmi come mi chiamo? Come mai nessun giocatore viene a dirmi che è da tutta la partita che mi tiene d'occhio? Ho giocato soltanto per te! Ho protetto questa margheritina per potertela regalare, adesso. Nessuno che venga mai a dirmelo, con quel sorriso gonfio di lividi, lo sguardo pieno di graffi... Perché?

Come mai il numero 7 è andato dritto verso il suo allenatore, gli ha tolto la sigaretta spenta dalle labbra, gli ha inforcato la margherita sull'orecchio e l'ha abbracciato teneramente? Perché gli ha infilato la lingua in bocca?

Sono uscito dal riformatorio

Sono uscito dal riformatorio con in tasca questo indirizzo dell'agenzia di lavoro provvisorio.

– Sa cucinare?

– No, ma stasera se vuoi ti porto fuori a mangiare la pizza.

L'impiegata dell'agenzia ha fatto finta di non aver sentito. – Ci sarebbe questa colonia estiva, se le interessa. Cercano un aiuto cuoco, luglio agosto. Due mesi.

Cosí il lunedí dopo ero già aiuto cuoco in una colonia comunale vicino a Jesolo.

Adesso non sto a raccontare il deposito di casi umani bambini che era questa colonia. Anche di casi umani adulti, per esempio tra le sorveglianti c'era questo coso, sí, questa donna che non era molto bella, e siccome era giovane secondo me peggiorava la sua situazione perché non poteva dire di essere andata a male con l'età, insomma tutti la chiamavano la Cinghiala.

Ma in generale nelle colonie comunali ci sono ragazzini delle scuole elementari e medie, ma anche tipini di quattro anni lasciati là per tutta l'estate, giugno luglio agosto settembre, e non sto parlando degli orfani. Qualcuno, ma solo qualcuno, ha i genitori agli arresti domiciliari.

Mi ricordo una sera, il direttore della colonia ha organizzato una festa, sabato. C'era questa specie di tettoia sopra una spiazzata di cemento, cosí anche se pioveva si poteva stare.

È venuto un mago ipnotizzatore da Jesolo che ha ipnotizzato la sua assistente, e l'ha fatta stare rigida sulla schiena. L'ha appoggiata su due scope capovolte, erano due spazzoloni di paglia dura. Quando si è svegliata, la ragazza assistente faceva quella che sorride per motivi di spettacolo, ma girandosi per un attimo si è visto eccome il sangue che le colava sulla nuca.

Saprai anche ipnotizzare le colonne vertebrali, ma se non sai ipnotizzare la pelle stattene a casa tua, mago di questa minchia! Oppure non venire a far sanguinare le ragazze davanti ai bambini.

Ma quello che volevo raccontare di questa festa è che alla fine abbiamo ballato sotto la tettoia, il personale della colonia e i bambini insieme. Non per vantarmi ma io sono un fenomeno eccezionale del ballo. Sento la musica che bussa per entrare nel mio corpo, la sento. La musica è uno spirito solitario, lo spirito svolazza per aria e ha bisogno di un corpo, è un fantasma senza la figura. La musica quando è appena nata è ancora uno spettro, trova il modo di entrare attraverso le orecchie e si impadronisce del corpo, gli detta legge. La musica è molto contenta di avere trovato un corpo, per questo si mette a ballare quando entra, perché è contenta. Non tutta la musica, a pensarci bene. Mozart no. Beethoven neanche. Si vede che la musica classica si è già impadronita delle persone tanti anni fa, e adesso è soddisfatta, si è calmata e lascia stare la gente. Ecco perché le radio trasmettono a tutto spiano le canzoni nuove. Perché devono assolutamente trovare dei corpi da far ballare, altrimenti le musiche appena nate appassiscono in aria come petali trasparenti.

Ero cosí stupendo a ballare che si formavano dei serpentoni spontanei dietro di me. Ma non come i trenini di pensionati che si tengono con le mani sui fianchi e si inculano per finta con i loro cazzi in fin di vita ridendo, e si ricordano che una volta erano giovani arzilli anche loro. Dietro di me si formavano i serpentoni di gente che si metteva in fila, le sorveglianti e gli animatori, anche i bambini, tutti erano felici di essere in coda allo sportello del ballo, si godevano il momento presente del serpentone.

A un certo punto mi metto a fare il cieco con gli occhi chiusi che balla a tastoni, e faccio le mosse da cieco, mi sono sentito che mi tastavano ed ero contento, perché il ballo funzionava, intorno a me erano ciechi tutti, ballavano a occhi chiusi, e non c'erano piú figure, solo l'ascoltare.

Poi mi sono sentito tastare ancora, ma con una gomitata, erano normali scontri fra ciechi, ma anche faceva un male cane la gomitata nelle costole, allora ho aperto gli occhi e quando li apro vedo che sono rimasto solo sotto la tettoia. Per essere precisi non sono da solo, ma non c'è piú il serpentone dietro di me, c'è solo la Cinghiala che balla a occhi chiusi e i bambini le danno qualche spintone verso di me e lei sorride e non si accorge che è rimasta sola a ballare, si scatena e dà delle gomitate di ballo alla cazzo, per aria, e si impegna a ballare di piú, con il suo culone.

Certe ragazze è inutile che tentino di dimagrire, se hanno le ossa espanse faranno sempre la figura delle squassate anche se perdono trenta chili, non c'è speranza. Questo per dire a che cosa faceva pensare la Cinghiala danzante.

Per il resto erano tutti fermi attorno alla spiazzata di cemento sotto la tettoia che ci guardavano, e sono scoppiati a ridere.

E mi rimarrà sempre impressa una piccolina, avrà avuto quattro anni, non di piú. Con quello scherzo del serpentone tradito, tutti mi hanno sbeffeggiato per dirmi insomma chi ti credi di essere, il capo del ballo? Cosí mi sono seduto un po' scornacchiato da parte.

Tutti hanno ripreso a ballare normalmente sparpagliati, come capita capita, e vedo questa piccolina con gli occhi che le ridono. Mi si avvicina ballando con la testa che dondola, giuro, una donna in miniatura, quanto avrà avuto, quattro anni? E si vedeva perfettamente che quella era la sua prima volta, stava corteggiando un uomo per la prima volta. E quell'uomo ero io! Sarà stata alta mezzo metro, e sorrideva per invitarmi a ballare con lei, mi arrivava forse all'altezza delle ginocchia. Io non sono tagliato per prendermi queste coltellate al cuore, ma è un fatto che era la figlia di una ragazza madre, la mamma faceva tutta l'estate al lavoro non so dove, la cameriera sulle barche a vela, le crociere, non so.

Insomma ero molto famoso presso i bambini, piú che un aiuto cuoco ero un vice animatore aggiunto e anche, nel mio piccolo, un sostituto di molti papà.

Per esempio la mattina quando andavo con il carretto in dispensa si presentava fuori dalla cucina un biondino, non mi ricordo mai i nomi, questo sapeva che dài e dài alla fine lo lasciavo salire sul carretto e di colpo mi mettevo a correre attraverso il piazzale della colonia. Io deragliavo, facevo le curve strette, bisognava tenersi per non schizzare centrifugati fuori dal carretto, facevo l'altalena in corsa, dondolavo, riassumendo ero il carrettiere ubriaco.

Il biondino ballonzolava, faceva molti strilli, si godeva lo spavento, io ero un produttore di brividi dentro quel corpicino, me lo immagino, tutti quei muscoli mingherlini impregnati di pericolo, e non avere peso per contrastare il carretto, essere bambini è non avere abbastanza peso per affrontare quello che succede. Per esempio invece la Cinghiala di peso per contrastarmi ne aveva, una mattina i bambini della colonia mi hanno fatto trovare la Cinghiala seduta sul carretto e io non sono riuscito nemmeno a tirare su le stanghe, ma anche se non ho fatto il carrettiere ubriaco i bambini si sono divertiti.

La dispensa aveva una cella frigorifera. Io non ci facevo caso quando nelle giornate piú calde trovavo una sorvegliante in ginocchio che faceva un pompino a un animatore in mezzo alle cassette di carciofi, non erano fatti miei. Spesso il carciofo era infilato su per il manico, fuori del sedere della sorvegliante rimaneva il bocciolo a forma di bom-

24

ba a mano che si muoveva un po' insieme al sedere della sorvegliante con il grembiule tirato su, il carciofo gongolava. E gli altri carciofi nelle cassette erano sconvolti dall'invidia, a loro non sarebbe mai toccata quell'esperienza, se ne stavano distesi lividi nella cassetta, a loro toccava di essere normalmente mangiati.

Certe volte è meglio non sapere che esiste un mondo migliore, e che uno uguale a te lo sta vivendo lí vicino, un carciofo identico a come sei tu se la sta spassando nel culetto morbido di una sorvegliante, quindi non è vero che esistono soltanto le cassette di legno dove si sta tutti ammassati e infreddoliti! Sapere che esiste un mondo migliore non è una consolazione, fa soltanto soffrire di piú questo mondo.

Ci venivano anche a fumare, nelle ore piú afose, anche le canne si facevano. La cella frigorifera era impregnata di fumo condensato. L'alito alla marijuana svolazzava come un tacchino pesante per aria, ma i tacchini non sanno volare e infatti il fumo si schiantava dolcemente sui pomodori. I bambini della colonia avevano un'aria un po' imbambolata.

Sempre in materia di bambini, il mio pezzo forte era la giostra sul posto. Per diventare una giostra sul posto, si prende un bambino per le mani. Poi lo si fa montare con tutti e due i piedini sul piede destro della giostra, o il sinistro, è lo stesso, dipende da quale gamba uno sente di avere piú forte. Poi si alza il mio piede dove è montato il bambino, che ricapitolando si trova sollevato in aria, appoggiato al mio piede come pedana, e con le manine nelle mie mani. Si cominciano a fare movimenti sussultori e ondulatori con la mia forte gamba, uno spunto che posso dare come consiglio per chi vuole fare la giostra sul posto è di fare delle rotazioni con il piede a dieci centimetri circa da terra, o flettere il ginocchio, o fare zigo zago, ma sempre tenendogli le mani perché il bambino stia sicuro e non deve cadere dal mio piede. Siccome per fare la giostra sul posto non c'è bisogno di accessori speciali tipo un carretto o una festa da ballo con tettoia, ai bambini bastava chiamarmi e salire sul mio piede, alla sera andavo a dormire con le gambe indolenzite. Mi appoggiavo sul cuscino molto stanco, facevo un po' fatica a prendere sonno, le mie gambe invece si addormentavano tutte e due di schianto appena le stendevo sul letto.

E non solo dovevo fare la giostra sul posto tutto il giorno, ma me la chiedevano anche i ragazzini piú grandi che a nove anni avevano già nostalgia perché erano troppo pesanti, e non si rassegnavano che ormai stavano piantando i piedi per terra e diventavano sempre piú difficili da sollevare, diventavano nel loro piccolo uomini. Gli uomini in effetti non li puoi piú prendere e alzare neanche se te lo chiedono loro. Quando non lo puoi piú sollevare a tuo piacimento, uno è diventato un uomo.

Non è la stessa cosa cucinare per due persone o per trecento. Per esempio, tagliare a pezzettini dieci cassette di peperoni gialli. Uno sul momento non se ne accorge, ma dopo mezz'ora che ha finito di tagliare, se non ha messo i guanti perché non conosceva il tremendo potere dei peperoni, che sono i frutti piú rabbiosi di tutto il regno vegetale, le mani hanno cominciato ad andarmi in fiamme. In poco tempo mi bruciava la pelle su su fino all'avambraccio, è una sensazione terribile, sembra di andare a fuoco, l'acido peperonico ci ha messo due giorni prima di diluirsi e andare via. Non riuscivo a dormire, giuro.

Un'altra cosa bizzarra delle cucine per le colonie, ma fanno finta di niente come se fossero normali, sono i pentoloni per cucinare la pasta. Sono una specie di autoclavi di acciaio fissate al pavimento dove si compie la trasformazione chimica della pastasciutta da cruda a cotta, sono fissate al pavimento, come una vasca da bagno, non si possono spostare. E siccome una pentola con mille litri d'acqua non si può rovesciare per scolare la pasta, il primo trucco è che in fondo all'autoclave c'è un rubinetto che sbologna l'acqua bollente salata in un tombino nel pavimento della cucina. Il secondo trucco è che sí ma adesso dov'è lo scolapasta come si fa? Sorpresa! Lo scolapasta gigantesco era già pronto infilato dentro il pentolone, basta prenderlo per le sue maniglie e si sfila con dentro la pasta già scolata.

In cucina ho imparato molti insegnamenti morali.

– È una ricetta tua? – mi domandava la cuoca.

– Io non ho aggiunto niente!

– E il mestolo? Cosa ci fa a bollire insieme al sugo? Vuoi cucinare il ragú al gusto di mestolo?

Cosí ho imparato che non si deve mai dimenticare il mestolo nella pignatta del sugo, lasciandolo immerso nella salsa, perché uno magari ogni tanto ci torna a dare una mescolata, assaggiavo e lo dimenticavo intinto. E cosí insomma nella vita bisogna sapere fino a che punto si devono usare gli attrezzi, altrimenti si sente il loro sapore nel risultato.

Ho imparato che per lavare le pignatte, anche quelle enormi, non serve il detersivo. Il detersivo è un grosso affare delle ditte mondiali che inquinano il nostro già schifoso a sufficienza pianeta. Prendiamo un manicaretto difficilissimo da lavare via, le lasagne, che fanno quelle crosticine di besciamella bruciacchiata marrone abbarbicate alle teglie. Se uno lascia in ammollo le teglie in semplice acqua di rubinetto, le crosticine maledette venivano via praticamente da sole, non serviva nemmeno strofinare con quei batuffoli ispidi di metallo ricciolino.

I primi giorni il tempo passava in cucina in mezzo a queste scoperte. Fare l'aiuto cuoco era faticoso, ma non molto interessante. Tra l'altro non me l'avevano detto all'agenzia ma fare l'aiuto cuoco comprendeva anche il lavoro di sguattero lavapiatti. Però era quasi magico vedere le dosi moltiplicate per trecento, il sale messo dentro i pentoloni a secchielli, poi queste dosi cucinando si dividevano di nuovo per trecento dentro le pentole, e a ogni bambino in effetti toccava il suo pizzico di sale sciolto nel piatto, né poco né troppo.

Io mangio tutto insipido, ho paura del sale. Il mio sangue l'ho assaggiato, è salato. Io la cattiveria ce l'ho dentro di me e non la racconto per finta, ma adesso sono diverso, ho conosciuto la Cinghiala.

La prima volta che ho visto i sacchetti di sale ammonticchiati a quintali nella dispensa della colonia ho avuto i brividi.

Io e Scarpa volevamo fare uno scherzo, lo giuro che volevamo fare uno scherzo, questo l'ho detto e l'ho ridetto al poliziotto psicologo. Eravamo ragazzini, questo dovrebbe bastare, no? Abbiamo seppellito Cristina nel bidone della spazzatura, sotto il negozio di alimentari del papà di Scarpa, con la testa fuori, per farle delle sabbiature. Non era nemmeno legata, è stata lei che ha voluto togliersi il vestito e rimanere in mutande. Aveva una fila doppia di mammelle sotto le tette vere, due rotoli di panza che le triplicavano le tette, con tanti puntini di morbillo dappertutto, dei brufoli, perché tutto quel grasso faceva una spremuta di sudore, la pelle si irritava.

Dicevano che era minorata, ma per noi era soltanto cretina, credeva a tutto quello che le dicevamo. Una domenica abbiamo svuotato cento sacchetti di sale grosso nel bidone e l'abbiamo lasciata da sola, a farsi una pennichella, poi ti svegli e ti passa tutto, sei magra e non hai piú brufoli, e quella non si è addormentata davvero? Non le abbiamo dato mica una botta in testa. Neanche il sonnifero le abbiamo dato, le pasticche, l'abbiamo seppellita nel sale con la testa fuori perché Cristina faceva qualsiasi cosa le dicevamo. Mi faceva rabbia da quanto si beveva qualsiasi stupidata. Piú mi credeva e piú io le sparavo grosse. Una volta le dico di mangiare una scatoletta di cibo per gatti, e lei la mangia. Un'altra volta le dico di buttarsi dal terrazzino, e lei si butta. Poi questa storia delle sabbiature con il sale, che fanno bene alla pelle, fanno sparire i brufoli e diventare magre, ed eccola lí in mutande tutta sorridente dentro il bidone che si fa versare addosso il sale.

Io e Scarpa pensavamo che avrebbe sentito al massimo un po' di prurito, non lo sapevamo che il sale succhia il sudore come un vampiro, siamo andati a vedere la partita in trasferta, a spaccare le vetrine ai salernitani insieme al papà di Scarpa, e quando siamo tornati la mattina dopo l'abbiamo trovata secca. Secca nel senso di morta ma anche nel senso che il sale le aveva seccato tutto il sudore che c'è dentro il corpo, come una bestia impagliata. Aveva le guance risucchiate dentro la bocca, si vedeva la forma dei denti attraverso le guance attillate, e dagli angoli le era uscita della bava, sangue dal naso, delle gocce nere. Assomigliava alla testa di una vecchina con le labbra sparite all'indentro, ma molto piú orribile di una vecchia. Gli occhi erano sbarrati, tutti rossi, scoppiati, e le palpebre non c'erano piú, la pelle delle palpebre si era ritirata. I capelli erano dritti sparati, sembrava una che si è infilata una faccia di cinque misure piú piccola della sua testa. Le orecchie si sono accartocciate, e la pelle sulla fronte aveva degli squarci da tanto che si era ritirata. Non ce la siamo sentita di toglierle il sale e guardare il resto, io e Scarpa abbiamo avuto paura, per quello l'abbiamo lasciata là e non abbiamo avvertito nessuno, ormai era morta.

Quando le hanno guardato dentro con l'autopsia è saltato fuori che aspettava un bambino, le hanno trovato una piccola mummia secca dentro la pancia, ma quello giuro non sono stato io, io ho un sospetto ma non lo dico, Scarpa le mostrava sempre l'uccello.

Ma questo succedeva prima del riformatorio, sette anni fa, sette anni prima del mio lavoro in colonia, mi hanno messo in riformatorio e lí dentro ne ho combinate delle altre, mi hanno tenuto dentro, secondo me dovevano dividermi da Scarpa, sarei migliorato prima. Sette anni dopo io guardavo le ragazzine della colonia, quelle un po' piú grandi, di undici dodici anni, e cercavo di non pensare che quando avevo la loro età ne avevo fatta secca una. Io non riesco piú a guardare una bambina senza immaginare come sarebbe la sua testa rinsecchita. Mangio tutto insipido.

Mi piaceva avere un lavoro normale da fare. «Vedi, – mi dicevo, – non è che tutto è uguale al riformatorio».

Del riformatorio, non ne voglio parlare. Voglio parlare del mio lavoro alla colonia.

Le sorveglianti e gli animatori portavano i bambini al mare, io stavo in cucina a lavorare. Ho fatto anche qualche guaio. Una volta ho appoggiato i guanti di gomma da lavapiatti sul tritaformaggio e per sbaglio ho schiacciato l'interruttore. Per capire bene questo incidente bisogna tenere conto che tutti gli attrezzi erano esagerati, erano adatti a trecento persone che tre volte al giorno devono mangiare. Il problema dei costruttori di attrezzi era prendere una grattugia del formaggio e moltiplicarla per trecento persone. Il tritaformaggio aveva un piatto di alluminio girevole, una specie di scodella, che girando trasportava il formaggio dentro un piccolo tunnel degli orrori pieno di lame incrociate invisibili, affilatissime. Dopo il primo giro i guanti di gomma sono usciti dal tunnel tutti tagliuzzati a strisce larghe, ma si riconosceva l'anatomia delle mani e i tubetti di dita vuoti, a pezzi. Dopo il secondo giro le striscioline erano rimpicciolite e non si riconosceva piú nel complesso la forma delle mani. Dopo il terzo giro i guanti erano diventati una poltiglia di unghie. Dopo il quarto giro la cuoca ha detto:

– Ti diverti tanto, sí?

In effetti mi ero incantato davanti alla distruzione dei guanti, pensavo a che cosa sarebbe successo se lí dentro al posto di due avambracci di gomma vuoti ci fossero stati dei componenti di essere umano, per esempio una mano o un cazzo. In cucina ti vengono continuamente questi pensieri truculenti, è un posto pieno di agguati. Ci si può tagliare, scottare, mutilare, restare ciechi, rovinare i guanti.

Tutti i macchinari che servono a costruire sapori succulenti si lasciano usare al prezzo di stare attenti, molto attenti. È una specie di religione degli oggetti che ci vuole, bisogna rispettarli per quello che sono, in cucina sembra di stare in una chiesa degli oggetti. Ma è una chiesa molto particolare, perché le cose non significano altre cose, come in chiesa, dove c'è la statua della Madonna e significa la Madonna che è in cielo molto piú bella e diversa dalla statua, l'affettatrice vuol dire solo che è quell'affettatrice lí, bisogna sempre tenerla presente, in cucina gli oggetti bisogna sempre tenerli presenti.

Uno deve continuamente pensare: «tu sei un'affettatrice», quando fa andare avanti e indietro il prosciutto mentre la lama gira, è importantissimo, non si deve mai smettere di pensarlo, soprattutto quando toglievo lo scudo di protezione e pulivo la lama rotonda dell'affettatrice. Mentre pulisce la lama dell'affettatrice, uno non può pensare ai fatti suoi oppure alle parole di una canzone che mi frullava per la testa, potevo sí canticchiare ma senza star dietro al significato delle parole della canzone, questi pensieri bisognava allontanarli nel retro della testa, dove non sono piú veramente pensieri ma canzonette che suonano automatiche. Altrimenti l'affettatrice si vendicava per non essere stata la padrona assoluta della testa di uno che sta pulendo la lama dell'affettatrice, ma non mi ha mai inculato a me, non mi sono mai distratto, le dita le ho tutte e dieci.

– Il ragazzo che lavorava qui la settimana scorsa è andato al pronto soccorso con un dito mezzo staccato, per quello abbiamo chiamato te –. Questa che ha appena parlato è la cuoca.

Da parecchio tempo in questo mio racconto è entrata in

scena la cuoca, ha fatto tutto da sola. Nel frattempo mi ha insegnato come pulire bene la cucina, l'ammoniaca sul pavimento va passata almeno una volta la settimana, non basta la candeggina ogni giorno. Il disinfettante si scioglie in una bacinella per mettere a bagno le uova ché, non bisogna dimenticarlo mai, escono pur sempre dal culo delle galline, non importa se le uova hanno quella forma perfetta. Un buon cespo d'insalata si sfrutta al novanta per cento, la media è buttare via una foglia su dieci, in generale tutta la verdura ha un dieci per cento di peso che va buttato via perché ci sono foglie gialle o gambi duri. Ero sbarcato in un universo nuovo, grazie alla cuoca imparavo molte cose.

Un altro mio errore che faceva imbestialire questa donna era quando sbatacchiavo sul bidone dell'immondizia il filtro della caffettiera, per buttare via la polvere di caffè vecchia.

Ci sono due scuole di pensiero sulla polvere di caffè vecchia. La prima dice che bisogna buttarla nel lavandino perché i granelli di caffè macinato, scendendo nello scarico, grattano via quelle muffe viscide incollate alle pareti dei tubi, il caffè mantiene pulito lo scarico. La seconda scuola di pensiero dice che la prima è una stronzata. Ma per buttare nella spazzatura la polvere di caffè vecchia bisogna tenere l'imbutino del filtro capovolto e fare toc toc sul bordo del bidone. Non dico martellarlo, ma fare toc toc sí.

E quella nevrastenica della cuoca invece diceva che cosí rovinavo il filtro perché, se lo sbattevo sul bidone, l'orlo di alluminio del filtro si sarebbe piegato all'indentro di quel pochissimo che però batti e ribatti non aderiva piú perfettamente incastrandosi alla circonferenza del fornello di base della caffettiera. Da quella fessura di lato, causata dal toc toc sull'orlo del bidone della spazzatura, l'acqua bollente sale su all'esterno del filtro, scansa la pasticca di polvere di caffè pressato e annacqua il caffè della cuoca, ma dove? In un film di fantascienza, forse! La mia cuoca faceva i suoi caffè in un film di fantascienza. Questo per dire a quale livello di immaginarsi la catastrofe in qualsiasi puttanata può arrivare un essere umano stressato dal lavoro. La cuoca mi sbraitava sempre perché combinavo questi guai minuscoli.

La polvere di caffè, il filtro, la cuoca. Ero proprio contento, il mondo mi veniva incontro con tutti i suoi dettagli.

Voglio dire ancora due parole sulla cuoca. Questa donna era una tracagnotta di cinquant'anni e due tette grandi come zucche. Ma le zucche non sono un paragone azzeccato perché ne esistono di tutte le misure. La prima volta che l'ho vista quasi nuda mi è venuto istintivo pensare che avesse tre teste, una sulle spalle e due attaccate al petto.

Alla fine della giornata la cuoca usciva dalla doccia senza reggiseno del costume, in mutande e zoccoletti. Era orgogliosa delle sue tette, sorrideva sopra di loro dall'alto della sua terza testa. Le piaceva mostrarle a qualcuno, tipo me, senza badare a chi c'era nei dintorni, come se andare in giro per il cortile sul retro della cucina con le tette da venti chili fosse la cosa piú naturale del mondo. Mi parlava asciugandosele vigorosamente, faceva sempre tutto vigorosamente, anche quando era vestita e cucinava, era vestita vigorosamente e cucinava vigorosamente.

Aveva una figlia sui vent'anni, pallida, sembrava fatta di yogurt. La figlia si lamentava sempre dei maschi, la facevano soffrire. Questa figlia non mi diceva niente e in effetti non so perché l'ho descritta.

Il fidanzato della cuoca, non della figlia, ma proprio della cuoca, era un napoletano che aveva vent'anni di meno della cuoca, magro. Stava sempre in pantaloncini e canottiera, dormiva nella stanzetta riservata alla cuoca, si alzava a mezzogiorno. Aveva la carnagione scura come le pitture degli antichi morti di Pompei. La barba corta gli continuava fino al cocuzzolo della testa, quasi, perché era un po' pelato, ma per il resto non c'era differenza fra barba e capelli, erano corti e appena accennati, sia la barba che i capelli, sempre trascurati da due o tre giorni, non cambiavano mai, uno pensava che tre giorni prima la barba il napoletano se l'era fatta e invece era sempre cosí, stabile. La testa era molto piccola, e non occorre spiegare perché mi è tornato in mente questo particolare della testa, dopo il discorso sulle tette della cuoca. Immaginavo quella testolina stritolata fra le zucche della cuoca, il cuoio capelluto ispido di barba corta che pizzicava la pelle in mezzo alle due tettone della cuoca, che strofinavano vigorosamente la testa del napoletano pigro.

All'inizio di agosto la cuoca si è presa una settimana di ferie, è andata a Stromboli con il fidanzato napoletano, è stata sostituita da tre cuoche che in tre non riuscivano a fare il lavoro che lei riusciva a fare da sola, si lagnavano sindacali. Ma queste tre cuoche non le descrivo. La cuoca è tornata prima di Ferragosto, sembrava un'altra persona, era completamente rilassata. Non mi sgridava piú per il toc toc del filtro della caffettiera e puttanate cosí. Mi ha raccontato che in quell'isola c'è un vulcano che sparge nell'aria la polvere invisibile, i granelli sospesi nell'atmosfera si respirano e provocano un'agitazione negli animi, spingono a volersi bene con le persone che ti stanno intorno, si scopa dalla mattina alla sera, la notte si tromba, nelle pause tra una scopata e l'altra si chiava.

Questa descrizione geologica di Stromboli mi ha colpito molto, perché significa che il corpo quando si eccita è un parente dei vulcani, diventa il magma di pietra liquefatta che scorre negli abissi sotto i nostri piedi.

La specialità della cuoca era lo stronzo di cioccolato. Sarebbe il salame di cioccolato, ma lei con i bambini della colonia lo chiamava lo stronzo.

– Se fate i bravi domani vi faccio lo stronzo, – diceva.

Poi il giorno dopo gliene faceva due, uno normale e uno maxi.

– Questo è il mio stronzo! Questo è il mio stronzo! L'ho

fatto per voi, bambini! Adesso ve lo mangiate tutto! – diceva molto allegra, e i bambini ridevano e si mettevano in fila per averne una fetta.

– E questo grandissimo chi l'ha fatto?

– L'ha fatto la Cinghiala, eh eh! – diceva la cuoca.

In colonia, dove mi trovavo dopo sette anni di riformatorio, quando i bambini erano andati tutti a letto, le sorveglianti e gli animatori si trovavano a chiacchierare. Non tutti, perché alcuni restavano a girare per le camerate, erano di turno, e altri si davano appuntamento in spiaggia, a baciarsi. Io non avevo bisogno di baci, tiravo avanti abbastanza bene con le seghe, in sette anni mi ero abituato. E con la cuoca di sera non ci ho mai chiacchierato, perché lei era sempre occupata a stritolare la testolina del napoletano fra le tettone. Il giorno dopo avevo l'impressione che il napoletano avesse la faccia ammaccata, un po' stravolta, tipo le guance al posto della fronte. Ci voleva qualche ora perché la faccia del napoletano tornasse a posto, per tutta la mattina gironzolava per la cucina, assaggiava il mestolo del sugo, aspettava che gli ritornasse a posto la faccia, finché si sedeva a tavola, e quando la faccia gli era tornata a posto era di nuovo ora di fare una pennichella fra le tettone della cuoca. Ma stavo parlando delle parole notturne.

Cosí ci mettevamo sulle panchine della colonia, di fronte al mare, e le sorveglianti dicevano agli animatori:

– Raccontateci una storia bella.

Gli animatori allora inventavano una specie di favola per adulti, non con le parolacce, ma con delle cose che gli adulti capiscono al volo senza bisogno di spiegare i termini scientifici utilizzati. Per esempio mi ricordo una favola dove c'erano dei fenicotteri meccanici che d'inverno migrano al nord dentro i capannoni delle fabbriche di idromassaggi, e d'estate migrano al sud nelle industrie di ghiaccioli. L'animatore per raccontarla meglio ogni tanto faceva il rumore del vento della migrazione, un suono a metà fra una effe e una vi tirate in lungo, che doveva farti sentire il contatto delle ali di acciaio dei fenicotteri con l'aria, erano alianti silenziosi ma vivi.

In genere, se la storia era raccontata bene, una sorvegliante faceva i complimenti all'animatore personalmente di notte in disparte, gli succhiava il cazzo in maniera romantica per la bellezza della favola, cercava di fargli capire che l'aveva apprezzata.

Gli animatori erano avvantaggiati nel raccontare questo tipo di favole, seduti sulle panchine sulla riva, si servivano anche del mare e del vento che facevano da sfondo, e le animatrici ascoltavano incantate. Si innamoravano, gli succhiavano il cazzo. Anche le animatrici a volte raccontavano delle favole, in generale erano favole di quasi sesso ma senza parolacce, e di tristezza d'amore.

Io non raccontavo mai niente.

Ero bravo ad ascoltare.

Io non sono d'accordo che ascoltare è come non fare niente. Ascoltare è suonare l'accompagnamento musicale di un assolo. È suonare il basso. Se uno cambia giro di basso, la melodia diventa tutta un'altra cosa, anche se viene suonata uguale a prima. Mettiamo che l'assolo continua a ripetere la stessa melodia di note, ma se uno cambia le note suonate in disparte dal basso, persino la melodia diventa diversa, anche se le note dell'assolo intanto non sono cambiate. Cosí io mi impegnavo sempre ad ascoltare in un modo molto particolare, in modo che l'assolo di chi mi parlava suonasse molto bene, con l'accompagnamento del mio modo di ascoltare. Se uno ci fa caso, quando ascolta male, per esempio quando guardo spesso da un'altra parte la gente che passa e non dico ogni tanto «eh» nei momenti giusti dentro le pause di chi parla, succede che quello che mi sta parlando non racconta bene.

Le sorveglianti erano molto contente di me, perché insieme, io e loro, suonavamo molto bene le favole che loro avevano da raccontare.

– Ma tu non racconti mai niente?

Allora mi sono fatto coraggio e ho cominciato la mia favola:

– C'era una volta una ragazzina molto ingenua quasi minorata mentale, – ho detto, – si chiamava Cristina, – e non ero neanche arrivato a quando io e Scarpa le abbiamo fatto credere che il suo pannolone sporco dove si faceva ancora la merda addosso a dodici anni non andava buttato via, ma bisognava metterlo nel bucato, insieme alle camicie di seta di sua madre, perché quella del pannolone era ovatta delicata, ma già metà delle sorveglianti si era alzata con una scusa, anche senza scusa, sono andate via tutte. Gli animatori ne restava qualcuno, ridevano.

Cosa ridete, che è una storia triste.

Non mi sono serviti il mare e neanche la luna, per raccontare la mia favola, perché era ambientata negli appartamenti, negli scantinati dei negozi di alimentari, con il pavimento di cemento che faceva sempre quella sabbietta quando ci trascinavo i piedi sopra. Anzi, il rumore delle onde disturbava la favola della minorata. Non perché era un rumore troppo forte, ma tutta quell'acqua rotta che arrivava sfinita sulla spiaggia e crollava suggestivamente dopo avere attraversato tutto il mare mediterraneo sembrava una contraddizione della mia favola. Anche la luna non mi aiutava, eppure la luna generalmente è triste, ma ha una tristezza bella. La luna quella sera era un sasso che riusciva a stare per aria. Era un sasso colorato dalla luce bianca e gialla, ne aveva talmente tanta di luce che il sasso si scioglieva e faceva colare sull'acqua del mare una striscia bianca e gialla, la luce arrivava fino ai nostri piedi portata dalle onde. La luna quella sera era la rivincita dei sassi, uno capisce che se perfino un sasso ha il suo momento di gloria lassú in cielo, se esiste una luna cosí bella che in fin dei conti non è nient'altro che un sasso, in quel momento mi rendevo conto che la luna non aiutava la mia favola, che era piena di soffitti e lampadine rotte.

Cosí sono rimasto solo sulla panchina davanti alla spiaggia. Era notte fonda ed ero stanchissimo. Mi sono accorto che stavo parlando al vento, non per modo di dire, proprio al vento. Mi sono zittito.

– Perché hai smesso? – mi ha detto una voce di femmina. Mi sono girato ed era in piedi dietro di me, appoggiata allo schienale della panchina.

Era la Cinghiala.

– La tua favola mi piaceva.

Allora le ho raccontato anche il finale con il bidone della spazzatura riempito di sale. Poi ho taciuto. Ci sono stati dei minuti di silenzio. Mi ero conquistato il silenzio, certe favole servono precisamente solo a questo, si chiacchiera tanto, cosí poi il silenzio che segue è piú importante. Parlare è la polvere da sparo, serve a caricare il silenzio che arriva come una cannonata.

In realtà avevo paura che il finale della mia favola avesse fatto schifo alla Cinghiala.

– Hai proprio tanta fantasia, sei bravo, – mi ha detto la Cinghiala.

– È la favola di due persone malvagie, – ho detto per mettere le mani avanti. E ho fatto proprio il gesto di mettere le mani avanti, ma le ho ritirate subito, perché mi tremavano un po'.

– Ma si occupavano di lei, però.

– Come fai a dire cosí? Allora non mi hai ascoltato! L'hanno fatta secca!

– A modo loro ci tenevano a lei, era il loro chiodo fisso.

– Erano la sua persecuzione!

Ma con la Cinghiala era inutile discutere. Era una bonacciona che riusciva a vedere il bene dappertutto, perfino dentro due assassini per scherzo, i peggiori. I personaggi della mia favola erano due colpevoli della peggiore tortura sulla terra, cosí colpevoli che nemmeno si rendevano conto di cosa avevano fatto subire a una persona. La cosa peggiore che si possa immaginare. No immaginare, ma proprio fare a una persona. Ma la Cinghiala insisteva, vedeva il bene perfino in due mostri come Scarpa e quell'altro. Vedeva il bene perfino dentro di me.

Mi sono spaventato, all'idea che dentro di me si potesse vedere il bene.

Ho guardato negli occhi la Cinghiala, e ho visto una cosa bellissima. I suoi occhi luccicavano. C'era un puntino luminoso in ognuno dei suoi occhi, era una cosa incantevole.

Io devo innamorarmi di questa donna, ho pensato in quel momento, che riesce a non farmi piú sentire malvagio.

L'ho guardata a lungo, ho visto le ossa espanse del bacino, i piedi con le dita spaparanzate, i baffi sopra il labbro. E il puntino luminoso degli occhi, me ne sono reso conto dopo, era il riflesso della luna. L'unica cosa bella della Cinghiala era il riflesso di una cosa che era lontana milioni di chilometri dal suo corpo.

Devo innamorarmi di questa donna, pensavo e ripensavo in quei giorni, che erano gli ultimi del mio contratto di lavoro, l'ultima settimana di agosto. La Cinghiala sarebbe rimasta alla colonia fino alla fine di settembre, insieme agli ultimi bambini, e poi anche in ottobre, quando alla colonia ci arrivavano i vecchi a svernare. Rimaneva lí tutto l'anno, perché dalla colonia non era mai uscita, ce l'avevano lasciata lí da piccola e non erano piú tornati a prendersela, nessuno sapeva che fine avessero fatto suo padre e sua madre, e cosí la Cinghiala aveva finito per viverci, e per abitarci. Mi fossi innamorato di lei, avrei saputo dove trovarla.

Cosí siamo arrivati all'ultimo sabato del mese, il direttore ha chiamato di nuovo il mago ipnotizzatore di Jesolo che è salito sulla pedana sotto la tettoia e ha chiesto chi voleva farsi ipnotizzare. I bambini come al solito gridavano io io, ma il mago era già d'accordo con il direttore che poteva accettare solo gli adulti.

Le sorveglianti hanno mandato su una di loro. Il mago le ha chiesto il suo nome.

– Cinghiala! – hanno gridato i bambini.

– Voglio il tuo nome vero.

La Cinghiala l'ha detto all'orecchio al mago, che l'ha fissata negli occhi e le ha detto:

– Eleonora, tu sei una diva del balletto del Gran Teatro La Fenice!

La Cinghiala ha cominciato ad avvitarsi sulla punta dei piedi, c'era una musica di valzer sotto la tettoia, e noi tutti della colonia siamo rimasti a bocca aperta, perché la Cinghiala ha danzato come una fiamma, senza peso, e non faceva ridere vedere quella grassona trasformarsi in un petalo di luce, io pensavo che di quella donna con un po' di buona volontà avrei dovuto innamorarmi, ce la potevo fare, la Cinghiala si librava leggiadra, insomma le solite cazzate che succedono quando ti ipnotizzano, uno può diventare qualsiasi cosa per tre minuti, ma tutto il resto della vita, anni e anni e anni, rimane sempre se stesso, e tra l'altro quando si sveglia dall'ipnosi sta da cani, ha il mal di testa e si è fatto un sacco di lividi andando a sbattere sugli attrezzi sparsi per il palco, cade cento volte per fare il suo cazzo di numero che serve a far fare bella figura al mago ipnotizzatore. Volevo salire sul palco a spaccargli la faccia, al mago, ma ho preferito stare vicino alla Cinghiala, per cercare di innamorarmi di lei, che intanto si è svegliata un po' sconclusionata.

Le ho fatto bere un bicchiere d'acqua minerale di prima qualità, le ho letto l'analisi chimico-fisica eseguita nei laboratori dell'università che c'era scritta sull'etichetta.

– Bevi, questa ti fa bene, vuoi sapere di quanti milligrammi è il residuo fisso a centottanta gradi centigradi? –

le dicevo. Le ho letto l'etichetta dell'acqua minerale per far bere il bicchiere d'acqua anche alla sua mente reduce dall'ipnosi, e rinfrescare il suo spirito.

Dopo il mago è iniziata la festa con la musica, ma questa volta non mi sono messo a ballare e fare i serpentoni sotto la tettoia. Ho aspettato che la Cinghiala si riprendesse, poi mentre tutti gli altri ballavano e non ci guardavano l'ho accompagnata sulla panchina in riva al mare, perché era necessario che io le dicessi che cosa sentivo dentro di me.

– Sono intenzionato a innamorarmi di te.

– Oh, ma non puoi. Io sono già fidanzata con l'ipnotizzatore.

– Sei sicura di esserti ripresa?

– No no, guarda che mi sento benissimo, rassicurati. Io ci sono fidanzata, con l'ipnotizzatore –. La Cinghiala mi ha spiegato che nella vita ha avuto già molti spasimanti, soprattutto fra gli animatori della colonia. – Non tanti, eh! Ma purtroppo erano tutti depravati.

– Volevano farti fare delle cose esagerate?

– No, erano depravati perché gli piacevo.

– Scusa, non ho capito.

– Se uno mette gli occhi su una come me vuol dire che è un depravato, e a me fa schifo.

– Ma allora ti fanno schifo le persone che ti desiderano… E l'ipnotizzatore? Non ti desidera, lui? Non gli piaci?

– A lui gli piace ipnotizzare, è la sua passione. Mi fa fare delle cose, io non so quali, quando mi sveglio non mi ricordo. Delle volte magari è affettuoso con me, mentre sono ipnotizzata, può anche darsi, ma io quando riapro gli occhi non lo so se mi ha fatto l'amore, certe volte invece mi fa fare il portiere delle squadre di calcio, non voglio vedere un depravato che dà i baci a una cosa brutta.

– Scusa, ma adesso lo lasci solo?

– Parla piano! Io e l'ipnotizzatore abbiamo una storia clandestina.

L'ho riportata sotto la tettoia e sono tornato sulla spiaggia, da solo, ho camminato molto, non c'era la luna, ero un fesso.

L'indomani era il mio ultimo giorno di lavoro, ho cercato di parlare con qualcuno, le sorveglianti mi facevano le feste, erano carine, sapevano che era finito il mio contratto.

L'assistente sociale era passata a trovarmi in colonia la settimana prima, mi aveva detto che il monolocale delle case popolari era saltato fuori, avevo già le chiavi.

Cosí, tanto per alleggerire il magone, ho buttato là una mezza frase alla persona con piú esperienza, quella che lavorava in colonia da un sacco di estati. Le ho fatto un'allusione indiretta senza farmi capire che cosa volevo sapere da lei:

– Signora cuoca, le risulta se per caso c'è una storia d'amore segreta fra la Cinghiala e il mago ipnotizzatore?

La cuoca è scoppiata a ridere: – Oddio, non si sa mai! Tutto può essere. Ma francamente questa mi sembra grossa. Il mago è sposato con l'assistente.

– Quella che sta rigida sugli spazzoloni?

– Quella. Il mago è venuto solo un paio di volte, alle due feste che hai fatto anche tu.

– Arrivano in furgoncino e ripartono subito.

– Infatti. La Cinghiala ti ha raccontato un mucchio di balle!

La cuoca mi ha salutato stringendomi alle sue tettone. Ho detto addio a tutta la colonia con la faccia un po' stazzonata, ma la Cinghiala non si vedeva in giro. Ho fatto la valigia e ho preso un autobus.

Quella sera stessa sono andato a dormire da solo nel monolocale, fuori Marghera. La mattina dopo sarei ripassato all'agenzia, chissà che lavoro interessante mi avrebbero procurato questa volta.

Ma a mezzanotte è passato a prendermi Scarpa, il resto si sa.

Popcorn (partitura per voci e rumori)

LUCIANA   Vieni fuori di lí, ho detto!

LORETO   Neanche per idea! Prima mi prepari un pranzetto come si deve!

LUCIANA   Guarda che sfondo la porta!

LORETO   È da tre giorni che non mangio, aguzzina!

LUCIANA   Ne ho colpa io se lasci lí tutto? Io lo servo in tavola e lui il piatto nemmeno lo guarda!

LORETO   Grazie tante! L'altro ieri gallina in brodo, ieri uova sode e oggi pollo arrosto. Puah!

LUCIANA   Senti caro, se non ti va il menu della casa trasferisciti giú in giardino. Ti metti lí sulla panchina, aspetti i vecchietti, gli salti sulla spalla, gli racconti le tue quattro frottole...

LORETO   Io non racconto frottole!

LUCIANA   ... quelli si commuovono e ti sbriciolano un bel cracker.

LORETO   Capirai!...

LUCIANA   Eh, «capirai, capirai»... Avercelo, un cracker! Non c'è rimasto niente in frigo. Solo un hamburger di tacchino da scongelare.

LORETO   Tacchino! Lo vedi che sei sadica!

LUCIANA   Ti sto lasciando libero, lo vuoi capire? Apri, se non ci credi! Vieni a vedere, c'è la finestra spalancata.

LORETO   La finestra? Perché, secondo te adesso io dovrei andarmene dalla finestra?

LUCIANA   E da dove sennò?

LORETO   Ma se sto a pezzi! Sono piú debole di un pulcino, è la volta che mi sfracello! Tre giorni a digiuno, ti rendi conto? Ho bisogno di cibo!

LUCIANA   E io devo usare il bagno! Fammi entrare, muoviti!

LORETO   Ah, improvvisamente la signora ha bisogno del bagno. Ma se è da due settimane che non ti lavi! Sai una puzza...

LUCIANA   Chiudi il becco...

LORETO   Chiudi il becco, chiudi il becco... Il naso però, quello no che non me lo posso tappare.

LUCIANA   Ti prometto che se apri mi faccio una doccia, mi metto in ordine e esco a comprarti tanti popcorn...

LORETO   Figurati, ti ci vedo proprio a uscire di casa! Come ieri: arrivi al pianerottolo, vedi la tromba delle scale e ti impressioni...

LUCIANA (*seria*)   Questa volta ce la faccio, ti giuro. Mi concentro, respiro profondo e esco da questa maledetta casa.

LORETO   Non sei piú arrabbiata?

LUCIANA   Piú.

LORETO   Promesso?

LUCIANA   Promesso.

LORETO   Giuri che non ti arrabbi ancora?

LUCIANA   Oh, insomma, vuoi aprire sí o no?

LORETO   Giura che non sei piú arrabbiata con me e che non ti arrabbierai mai piú per nessun motivo al mondo e che mi darai sempre da mangiare.

LUCIANA   Giuro.

LORETO   Io apro, ma tu prima di entrare conti fino a dieci.

LUCIANA   Quanto sei petulante! E va bene. (*Spazientita*) Uno, due, tre, quattro... (*Rumore di chiave girata nella serratura*). Non mi stai prendendo in giro, siamo sicuri? Cinque, sei, sette, otto, nove... vado? Die... (*Rumore di porta che si apre*). Ma sei un porco! Hai scacazzato dappertutto! La vasca! Il bidè! Che schifo! Poi sarei io, la zozzona! Dove ti sei nascosto, lurido maiale! (*Rumore di armadietti aperti con furia e boccettine rovesciate*). Guar-

da qua! La mia crema da notte! Il rossetto! I miei trucchi! L'hai fatta dappertutto! Che schifezza immonda!
Fatti vedere, se hai coraggio! Dove sei, eh, dove ti sei
nascosto? Ma ti trovo sai, stronzo! Stro– (*Pausa*).
Mmh… (*Scroscio dello sciacquone del water*).

LORETO (*voce soffocata dentro il coperchio chiuso del water, in
mezzo alla cascata d'acqua*)   Aiuto! Salvatemi! Gaaasp!
Affogo!

LUCIANA   Brutto pezzo di merda, nella fogna devi marcire!

Rumore di apertura del coperchio del water: lo scroscio
d'acqua e Loreto si sentono piú chiaramente.

LORETO   Lasciami stare!

LUCIANA   Dillo che l'hai fatto apposta!

LORETO   No! È stata colpa del tuo latte detergente! Non
ne potevo piú dalla fame, me lo sono bevuto tutto e mi
è venuto mal di pancia!

LUCIANA   Schifoso bugiardo!

LORETO   Vorresti che fossi un bugiardo! È perché sai che
dico sempre la verità che mi tratti cosí!

LUCIANA   Dillo che ti sei inventato tutto!

LORETO   Te lo giuro, ho bevuto il latte detergen–

LUCIANA   Che me ne frega del latte detergente! Non fare
il finto tonto!

LORETO   Luciana, non ho mai inventato una parola, cre-
dimi!

LUCIANA   Hai riempito la casa di bugie!

LORETO   Ma se so solo ripetere!

LUCIANA   Síí, e adesso cosa stai facendo? Volti la frittata
come ti pare e piace.

LORETO (*improvvisamente altezzoso*)   Ti prego di non usare piú questi termini in mia presenza.

LUCIANA   Che termini?

LORETO   Frittata. Mi fa orrore.

LUCIANA Ma falla finita!

LORETO Ti dico forse «frappè di feto», io? «soffritto di embrione», eh? Ho mai permesso che dal mio becco uscissero bestemmie come «besciamella di placenta»?

LUCIANA Ma guardati! Sei ridicolo, tutto fradicio di cesso...

LORETO Mi hai ridotto tu cosí...

LUCIANA *Tu* mi hai accoltellato il cuore con le tue bugie!

LORETO Ançora! Quando mi prende non riesco a controllarmi! È come un disco registrato, lo vuoi capire? Se una canzone non ti piace te la prendi con lo stereo? Sii onesta, e di' che certe cose preferivi non sentirle, ma non dare la colpa a me!

LUCIANA Ti sei inventato tutto per vendicarti di Antonio!

LORETO Poverina, tu non ci stai piú con la testa.

LUCIANA Sí, l'hai sputtanato perché ti ha portato via dalla foresta... Sei un demonio, uno di quelli che i selvaggi della tua terra fanno saltar fuori nelle magie!

LORETO E allora tu perché mi hai creduto?

LUCIANA Perché hai fatto un incantesimo anche a me! Se no non starei qui a parlarti!

LORETO Ma per favore!... Perché non te lo sei tenuto stretto il tuo Antoniuccio e non hai cacciato via me?

LUCIANA E provochi, anche! Ma io ti faccio a pezzi! Ti piglio per quelle zampacce e ti sbatto sul muro!

Rumori di inseguimento, ali che sbatacchiano per aria, il pappagallo urta e rovescia oggetti.

LORETO Aiuto!

LUCIANA Se ti acchiappo ti strappo quel ciuffetto assurdo dalla testa...

LORETO No, la frangetta tu non la tocchi!

LUCIANA Ti tolgo tutte le penne dal culo...

LORETO Le penne no! Se mi tiri le penne svengo!

LUCIANA (*trionfante*) Mh mh! Ti ho preso, eh!

46

LORETO (*supplichevole*)   Non togliermi neanche una piumina, ti prego, non riesco a sopportare che mi... Ahi!

Piccolo tonfo e poi silenzio.

LUCIANA (*angosciata*)   Loreto! Loreto! Stai bene, piccolo? Cosa c'è? Oh mio Dio, l'ho ammazzato! È stecchito! Apri gli occhi, orsacchiotto! Su, cucciolo mio! Dimmi che sei solo svenuto!
LORETO   Ohi ohi...
LUCIANA   Loreto!

Ora il pappagallo parla con due voci, sempre gracchianti ma diverse dalla sua: una maschile – quella di Antonio – e una femminile sconosciuta; ogni tanto Luciana commenta.

LORETO-ANTONIO   «Prego, si accomodi pure...»
LUCIANA   Oddio, gli ha preso di nuovo. La voce di Antonio...!
LORETO-DONNA   «Mmh, com'è soffice».
LUCIANA   E questa chi è? Un'altra!?
LORETO-ANTONIO   «Ah sí, il resto dell'arredamento non è granché, ma il divano è formidabile».
LUCIANA   Stronzo, c'è voluto un anno per convincerti a comprarlo.
LORETO-DONNA   «Si sta proprio bene...»
LORETO-ANTONIO   «Dicono che passiamo anni davanti alla tivú, almeno facciamolo con un po' di comfort... Vuole che cambi canale, signorina?»
LORETO-DONNA   «No no, è divertente».
LORETO-ANTONIO   «Li fanno sempre a ore impossibili, i film piú belli».
LORETO-DONNA   «Quella dev'essere Doris Day».
LORETO-ANTONIO   «Certo che si mettevano dei vestiti assurdi!»

47

LORETO-DONNA   «Quelle tettine a punta, poi!»

LORETO-ANTONIO   «Non avevo il coraggio di dirglielo, ma stavo pensando la stessa cosa».

LUCIANA   Ovvio, visto il porco che sei.

LORETO-DONNA   «Doveva essere di uno scomodo...»

LORETO-ANTONIO   «Be', questo non lo so. D'altronde era la moda. Credo di averlo, in fondo a qualche armadio, un reggiseno della nonna. Un ricordo di famiglia...»

LORETO-DONNA   «Davvero? Ha un vecchio reggiseno a punta! È sempre stato il mio sogno provarne uno!»

LORETO (*con la propria voce*)   Ohi ohi...

LUCIANA   Loreto, smettila, ti prego, svegliati.

LORETO-DONNA   «È fantastico! Con i ricami a forma di Sputnik! Quanto mi piacerebbe provarlo!»

LORETO-ANTONIO   «Guardi, di là c'è lo specchio. Le do la mia parola che non la spio... Faccia solo attenzione a non sfondarlo, ho paura che le starà un pochino stretto. Lei ha due... satelliti – cosí... cosí...» (*La frase resta sospesa, Antonio non osa aggiungere «grandi»*).

LUCIANA   Ma che figlio di puttana!

LORETO-DONNA (*ridacchia*)   «Eh, sarebbe un peccato rovinare un ricordo di famiglia. Certo che se lei non si formalizza... se mi desse una mano... cosí sono sicura di non romperlo...»

LUCIANA   Troia!

LORETO-DONNA   «Oh!»

LORETO-ANTONIO   «L'ho pizzicata?»

LORETO-DONNA   «No no, il fermaglio l'ha sganciato benissimo... è che mi imbarazza quel pappagallo, mi sta fissando in un modo...»

LORETO-ANTONIO   «Ah, la imbarazza Loreto! Io invece non le faccio nessun effetto, a quanto pare...»

LORETO-DONNA   «Ma cosa dici... tu mi stai spogliando, tesoro...»

Squilla il telefono.

LUCIANA (*gelida*) Pronto.
ANTONIO Pronto, amore? Sei lí? Ti prego, stammi a sent–

Rumore del ricevitore riappeso bruscamente da Luciana.

LUCIANA (*fra sé*) Bastardo! «Il reggiseno della nonna», síí!
Il *mio* reggiseno di seta anni Cinquanta! Originale so-
vietico! Un cimelio!

Squilla il telefono.

ANTONIO Luciana, amore, non buttare giú, ti pr–
LUCIANA Bastardo, sei un bastardo porco schifoso!
ANTONIO Ma sei fissata! Cosa ti ho fatto?!
LUCIANA Che faccia da culo! Cosa mi hai fatto? Questa
volta ho le prove! Il reggiseno a punta, i ricami a forma
di Sputnik! So tutto!
ANTONIO Ma cosa dici!?!
LUCIANA La serata sul divano insieme a quella zoccola, tu
che le accendi la tivú e al primo pretesto le metti le mani
addosso! Con la scusa di farle provare il mio reggiseno!
ANTONIO Ma chi ti ha messo in testa queste scemenze?
LUCIANA Loreto!
ANTONIO Loreto?!?
LUCIANA Loreto, sí, Loreto! Tutto, mi ha raccontato!
ANTONIO Luciana, tu stai proprio male. Hai le visioni, hai.
Ancora con questa storia del pappagallo parlante! Non
ha mai saputo dire neanche «ciao», quello!
LUCIANA Allora secondo te sono pazza!
ANTONIO Non ho detto questo. Forse sei un po' stanca,
un piccolo esaurimento...
LUCIANA Io sarò esaurita, ma ci sento benissimo! Loreto
ogni tanto butta fuori quello che ha sentito, gli vengo-

no come dei rigurgiti di memoria. E ti assicuro che vede e registra tutto, sennò come farebbe ad azzeccare così bene i particolari!

ANTONIO   Senti, amore...

LUCIANA   Non chiamarmi amore!

ANTONIO   Luciana, come faccio a fartelo capire, io non so cosa ti è successo, ma...

LUCIANA   Io invece sí lo so cosa ti è successo a te! La prima volta pensavo che Loreto brontolasse a casaccio, invece stava rifacendo alla perfezione le smorfie delle due giapponesi che ti sei portato a casa! A casa mia! Sul mio divano!

ANTONIO   Ma per favore, è assurdo!

LUCIANA   E la rappresentante di aspirapolveri? E la cieca col cane lupo? E la mia migliore amica? Tutte te le sei fatte! Loreto mi ha raccontato tutto!

ANTONIO   Ma non dire fesserie...

LUCIANA   Tutti i particolari, dal primo all'ultimo, porco!

ANTONIO   Macché porco... Mi conosci, sono un sentimentalone, io...

LUCIANA   Certo, sei tanto tenero, tu: ma solo con me però! Sempre la solita minestra! Due bacetti, tre carezze e buonanotte! Con le altre ti sei inventato di quei numeri! Roba che neanche il Kamasutra, perverso!

ANTONIO   Maledetta la volta che l'ho portato a casa! Io quella bestiaccia vengo lí e te la strozzo, cosí la smetti con le visioni!

LUCIANA   Tu non vieni da nessuna parte, qui dentro non ci metti piú piede!

Rumore di ricevitore riappeso bruscamente.

LUCIANA (*fra sé*)   Col cavolo che ci torni da me, te lo scordi! (*Al pappagallo*) Come stai, piccolo mio? Poverino, guarda come sei messo, ancora tutto bagnato... (*Rumore di passi di Luciana che va in bagno e ritorna continuan-*

50

do a parlare) Aspetta che adesso ci asciughiamo un po', tesorino. (*Rumore di asciugacapelli*). Quel mostro non ci verrà piú qui dentro a farci del male, stai tranquillo... non ci entra piú in questa casa a farti assistere alle sue sconcezze. Su, piccolino, riprenditi... Antonio non esiste piú, Antonio è cancellato...

LORETO   Ohi ohi...

Cessa il rumore di asciugacapelli.

LUCIANA   Loreto, mi senti?

Il pappagallo stordito continua a rigurgitare a memoria brani di conversazioni orecchiate in passato. Ora ripete un dialogo fra Antonio e Luciana, la quale anche questa volta commenta fra sé.

LORETO-ANTONIO   «Uh, ma che carino qui!»
LUCIANA   Oh povera me, un altro soprassalto di ricordi. (*Sconsolata*) Cosa mi toccherà sentire, stavolta?
LORETO-LUCIANA   «Sono stata fortunata, sí...»
LUCIANA   Ma questa sono io!
LORETO-ANTONIO   «Non è facile trovare un appartamento con il terrazzo».
LORETO-LUCIANA   «Me l'ha procurato una mia amica. Anzi, per la verità ci abitava proprio, ma due anni fa è andata a vivere in Marocco».
LUCIANA (*emozionata*)   Loreto, stai ripetendo la prima volta che Antonio è venuto su da me!
LORETO-ANTONIO   «Non si sporga cosí!»
LORETO-LUCIANA   «Perché?»
LORETO-ANTONIO   «Mi fa venire le vertigini!»
LORETO-LUCIANA   «È solidissimo, il parapetto».
LORETO-ANTONIO   «Lo so, ma a me fa impressione lo stesso. Non riesco mai a guardare in basso... Neanche in al-

to, per la verità... Gli spazi aperti mi fanno paura. Per fortuna che c'è quel palazzo...»

LORETO-LUCIANA   «Ma se copre metà cielo!»

LORETO-ANTONIO   «Appunto. A me le stelle mettono ansia. Quelle lucine lontanissime... ci impiegano un sacco di tempo a attraversare lo spazio... anni e anni alla velocità della luce, ci pensa? (*Sognante*) Raggi sottili come un filo che si mettono in viaggio da una parte all'altra della galassia per raggiungerci, e poi...»

LORETO-LUCIANA (*rapita*)   «... e... poi...?»

LORETO-ANTONIO   «E poi basta uno straccetto di nuvola, un cornicione sporgente per fermarle all'ultimo secondo...! Eppure gli mancavano pochissimi metri per toccarci le pupille... È come con i popcorn...»

LORETO-LUCIANA   «I popcorn?!»

LORETO-ANTONIO   «Sí, io penso sempre a quanto c'è voluto per far crescere il grano, la pioggia, la terra da concimare... Una gelata, la siccità che ti manda in malora tutto... Tutto il lavoro per raccogliere le pannocchie e staccare i chicchi...»

LORETO-LUCIANA (*collaborativa*)   «... e chiuderli nei sacchi, e trasportarli in fabbrica!»

LORETO-ANTONIO   «... e finalmente arriva il momento che ce l'hanno fatta, il loro viaggio lunghissimo è finito, ormai sono quasi cotti nell'olio bollente e sono lí che stanno per scoppiare di gioia, vogliono sbocciare come piccole bombe di fiori...»

LORETO-LUCIANA   «... come petardi di petali!»

LORETO-ANTONIO   «... come candidi fuochi d'artificio! Non vedono l'ora di esplodere dalla contentezza per essere arrivati al traguardo dopo tutti quegli ostacoli... e all'ultimo momento ci sono sempre quelli che non ce la fanno e rimangono chiusi...»

LORETO-LUCIANA   «È vero! I chicchi anneriti che restano in fondo ai sacchetti di popcorn!»

LORETO-ANTONIO (*sconsolato*) «E che vanno a finire nella spazzatura, come degli avanzi qualsiasi».

LORETO-LUCIANA (*commossa*) «Poverini!»

LORETO-ANTONIO «A me fanno compassione... come fossero creaturine, sí».

LORETO-LUCIANA «Come piccolini che non sono riusciti a nascere...»

LORETO-ANTONIO «Eh, la fatica di nascere... tutte le traversie incredibili per attraversare i secoli, le guerre...»

LORETO-LUCIANA «... gli stupri degli invasori!»

LORETO-ANTONIO «... i matrimoni giusti e quelli sbagliati, i bambini nati per caso, gli spermatozoi partiti senza convinzione che poi invece sono arrivati primi in mezzo a milioni... (*Suadente*) Tutto quello che le ha trasmesso l'aspetto che lei ha adesso...»

LORETO-LUCIANA (*sorpresa*) «Il mio aspetto?»

LORETO-ANTONIO (*sempre piú suadente*) «... con questi occhi dello stesso colore di un'antenata etrusca, magari... i capelli di una bisnonna ungherese che lei nemmeno sa di avere... e poi tutte le vitamine che le hanno dato da piccola, tutte le favole che le hanno raccontato da bambina...»

LORETO-LUCIANA «Veramente la mamma mi sbatteva davanti alla tivú a guardare i cartoni animati...»

LORETO-ANTONIO (*imperterrito suadentissimo*) «C'è voluta una rincorsa lunghissima perché lei arrivasse qui cosí com'è, con la sua fisionomia, il suo carattere... e anch'io, per arrivare a conoscerla... e se giovedí scorso mi fossi fermato all'edicola a prendere il giornale come faccio sempre... non sarei passato al momento giusto, e non ci avrebbero mai presentati... (*ultraseduttivo*) e stasera non sarei mai salito su questo terrazzo... e mi viene l'angoscia che all'ultimo momento, all'ultimo centimetro sto quasi per sfiorarti e non ho il coraggio di toccarti le labbra e non ci baceremo mai piú...»

53

LORETO-LUCIANA   «Oh, Antonio!»
LORETO-ANTONIO   «Luciana!»
LORETO-LUCIANA   «Antonio!» (*Si sbaciucchiano*).
LUCIANA (*nera*)   Oh, Antonio! Quella dei popcorn me l'ero dimenticata! Mi sono lasciata infinocchiare da un bastardo che fa poesie da quattro soldi sui popcorn...! Proprio un bel figlio di puttana! Mi ha fregato di brutto! Chi se lo immaginava che mi avresti tradita cosí!

Squilla il telefono.

LUCIANA   Síí, chiama, chiama pure. Questa volta non m'incanti...

Rumore di passi che si allontanano; una porta si apre; il telefono continua a squillare; la prossima battuta di Luciana si distingue sullo sfondo, dall'interno del bagno.

LUCIANA   Guarda qua che disastro. Ma cos'aveva in corpo? Ha riempito la vasca! Sembra che sia passata una mandria di ippopotami con la dissenteria! Ah, Loreto Loreto! Qua mi tocca pulire subito sennò questa robaccia mi corrode lo smalto!

Sullo sfondo, scrosci di acqua di rubinetti e rumori vari di Luciana che pulisce il bagno; Luciana comincia a cantare un'aria dal secondo atto dell'Otello, scena quinta, declinata al femminile: «Ero balda, giuliva... nulla sapevo ancor; io non sentivo sul suo corpo divin che m'innamora e sui labbri mendaci gli ardenti baci di Cassia!»; in primo piano, lo squillo si interrompe e il ricevitore viene sollevato; Loreto parla un po' sottovoce, per non farsi sentire da Luciana.

LORETO   Pronto?

ANTONIO   Pronto, mi scusi… devo avere sbagliato num–

LORETO   Parla Loreto. Dimmi, Antonio…

ANTONIO   Eddài, Luciana, non fare la stupida.

LORETO   Sono Loreto, come te lo devo dire? Portami da mangiare! Dei popcorn, qualcosa, sto morendo di fame.

ANTONIO   Senti Luciana, basta, non è divert–

LORETO   Macché Luciana! Non la senti? (*Pausa. Loreto sporge il ricevitore in direzione del bagno per far sentire distintamente Luciana che non ha mai smesso di cantare sullo sfondo la medesima aria dall'*Otello: *«Ed ora!… ed ora…ora e per sempre addio, sante memorie…»*) Sveglia, accidenti!

ANTONIO   Senta, io non so chi sia lei, ma questo scherzetto non…

LORETO   Ma allora non vuoi capire! Ascolta: il reggiseno con gli Sputnik… l'aspirapolvere a tre velocità che hai collaudato sui peli della rappresentante…

ANTONIO   M-ma cosa dice?!

LORETO   Eh, cosa dico! E i quiz sugli odorini corporali che hai fatto alla ragazza cieca? E la museruola del suo cane che ti sei messo come perizoma?

ANTONIO (*sgomento*)   Chi è lei? Come fa a sapere…?!?

LORETO   Perché c'ero, mio caro! Quella, e tutte le altre volte che Luciana era via di casa e tu ti portavi qui chi ti pareva… Te la ricordi l'imitazione dei gridolini di Luciana a letto che hai fatto con la sua migliore… con la sua ex migliore amica… E la giapponesina che ti ha legato nudo al frigorifero mentre quell'altra, con l'accendigas, ti…

ANTONIO   Basta! Ho capito, ho capito, ti credo. Ma Luciana sa tutto?

LORETO   Che ci posso fare? Certe volte non mi controllo, le cose mi vengono fuori da sole…

ANTONIO   Ma porca miseria, chi ti ha insegnato ad aprire quella fogna di becco!

LORETO E chennesò, a furia di ascoltare... Luciana è da quindici giorni che mi parla, mi parla, non la smette mai...! Comunque ho cercato di rimediare con il primo bacio.

ANTONIO Hai baciato Luciana?!?

LORETO Le ho ripetuto a memoria la prima volta che sei salito in casa! Quando le hai portato me in regalo e vi siete sbaciucchiati sul terrazzo!

ANTONIO E lei come c'è rimasta?

LORETO Si è arrabbiata ancora di piú.

ANTONIO Con te?

LORETO Con te, idiota! Ha fatto paragoni su quello che eri e quello che sei diventato...

ANTONIO (*sconsolato*) È finita davvero, allora.

LORETO Allora sei proprio tonto! Luciana non fa altro che parlare di te! Ai muri, alla caffettiera, allo spazzolino... A me...!

ANTONIO Cosa posso fare?

LORETO Inventati qualcosa...

ANTONIO E cosa?

LORETO Chennesò... dalle spiegazioni... chiedi perdono...

ANTONIO Mmh... Me la passi?

LORETO Ci provo, ma mi sa che è dura.

ANTONIO Di' che è qualcun altro.

LORETO Aspetta.

Rumore di ricevitore appoggiato sul ripiano e ali che fanno un piccolo volo.

LORETO Luciana!

LUCIANA Loreto! Ti sei svegliato!

LORETO Eh per forza, tu non rispondi al telefono! Dopo un po' mi sono rotto e ho tirato su.

LUCIANA Non ti sei già fatto un po' troppo i fatti miei, tu?

LORETO Dài, ti vogliono, è una cosa seria.

LUCIANA   Sicuro che non è...?
LORETO   Ma figurati.
LUCIANA   Pronto.

La voce di Antonio è contraffatta, piú sottile, meno profonda; ha un forte, caricaturale accento brasiliano, una specie di ritmatissimo samba fonetico cantilenante.

ANTONIO   Pronji.
LUCIANA   Chi parla, scusi?
ANTONIO   Pala João. Amigu ji Antoniu.
LUCIANA (*fredda*)   Antonio non abita piú qui.
ANTONIO   Eu sao.
LUCIANA (*stizzita*)   E allora, cosa posso fare per lei?
ANTONIO   Sao tudo kuelu ki è suscesu. Sao ki tu Lusciana sofertu tantu.
LUCIANA   Chi gliele ha dette queste cose?
ANTONIO   N'imporji. Sofertu tantu anki João.
LUCIANA   Perché?
ANTONIO   Inamoradu ji Antoniu. Lui maju skorsu venutu Brasíu.
LUCIANA   Certo... i soliti sopralluoghi che fa in giro per il mondo...
ANTONIO   Eu sao. Antoniu jeologu. Konnosciuji e namuraji. Ma Antoniu nao voleva.
LUCIANA   Come come?! Vi siete innamorati? Ma lei è un uomo!
ANTONIO   Apúnji. Antoniu shpaventao. Namuraji pazi uno ji altru, ma Antoniu shpaventao ji eser gay. Shkapao. Eu fato tuji kosi pe tenelo Brasíu! Imparao lenguajem italianu, depilao, kolorao kapeli blonji komo Lusciana, komprao lenji a kontatu violi komo oki Lusciana, spunjikao rekia sinishtra pe mete kuatro rekini komo Lusciana! Promesu ji operau, promesu tajari via tuji kosi in

57

meso a jiambi pe diventari belisima dohna komo Lusciana, ma nienji! Antoniu palava sempri ji Lusciana, sempri Lusciana ina boka…

LUCIANA   E poi?

ANTONIO   Antoniu shkapao! Volatilisao! Eu venutu Talia a scerkallo, scerkadu sdugiu jeolojía… telefunao, pedinao, assaltao! Antoniu shpaventao de meu amohr, paura omosesualidaji! Tanji doni pe paura omosesualidaji…

LUCIANA   Vuol dire che Antonio ha cominciato a… frequentare molte donne per… paura di essere diventato omosessuale?

ANTONIO   Esatamenji.

LUCIANA   Ma perché mi viene a raccontare queste cose?

ANTONIO   Lusciana, soferensia ji amor bruta beshtia… Eu desperao! Antoniu omo maravilhoso ki ti ama a tíu, Lusciana! Eu kapíu, eu rinunsciao a Antoniu. Ma tu no buta via amohr ji Antoniu.

LUCIANA   Va bene, va bene, ma adesso ho da fare, ti saluto.

ANTONIO   Ma komo! Luscià–

Rumore di ricevitore riattaccato bruscamente.

LUCIANA   Ma perché fa cosí?

LORETO   Chi?

LUCIANA   Antonio!

LORETO   Cosa è successo stavolta?

LUCIANA   Si è messo a fare la voce da brasiliano, ti rendi conto?

LORETO   Cosa dici? Non era mica Antonio quello che ha chiamato!

LUCIANA   Mi prendi per scema anche tu? Ti pare che io non lo riconosca? Si è capito subito! All'inizio mi ha fatto una rabbia! Sentiamo dove vuole andare a parare, mi sono detta…

LORETO   E poi?

LUCIANA   Sono rimasta ad ascoltare aspettando il momento giusto per sbugiardarlo...

LORETO   E cosa gli hai detto?

LUCIANA   Niente! Lo sentivo parlare e inventare tutte quelle bugie... Mi sono venuti i brividi, è stato cosí penoso sentirlo fingere... non ce l'ho fatta piú e gli ho sbattuto il telefono in faccia...

LORETO   Ohu, sentite, mi avete stufato, voi due...

LUCIANA   Sono io che sono stufa! (*Scoppia a piangere*) Non ce la faccio piú! Credevo di amare e di essere amata, e invece...

LORETO   Ma ci sono io che ti voglio bene!

LUCIANA   Stai zitto tu! Se invece di chiacchierare a vanvera...

LORETO   Ah, ma insisti! Preferivi essere ingannata e non sapere niente!

LUCIANA   Io non so cosa volevo o non volevo sapere, so che è finito tutto e sono qui a martoriarmi da due settimane senza avere nemmeno la forza di uscire di casa...

LORETO (*prontissimo*)   ... a fare la spesa per un povero pappagallo che sta morendo di fame!

LUCIANA   Ma chi vuoi che abbia voglia di mangiare!

LORETO   *Io* ho voglia di mangiare!

LUCIANA   Io vorrei addormentarmi e riaprire gli occhi fra un anno, guarda. (*Passi di Luciana che se ne va in un'altra stanza*). Sono a pezzi, questa volta crollo davvero...

LORETO (*fra sé*)   Vai vai, cara, che qua ho capito, bisogna arrangiarsi da soli. Fammi vedere un po', ci sarà un cavolo di supermercato... (*Rumore di pagine di elenco telefonico sfogliato*). Allora... questo qui di via Fauché, sí... (*Rumore di ricevitore alzato e tasti digitati*). Pronto? Buongiorno... senta, fate consegne a domicilio? Ah, bene, perché avrei bisogno di un sacchetto di popcorn... No no, sono serissimo, le assicuro... Ah capisco... Be', se la spesa minima per la consegna a casa è centomila...

non so, faccia uno scatolone, due, veda lei... centomila di popcorn, va bene?... Sarebbe pure urgente... perfetto! Certo, glielo do subito: via Bernardi, Tommaso Bernardi diciassette... infatti... se lei mette il naso in vetrina e io mi affaccio alla finestra ci si vede tutti e due al telefono... (*Ridacchia*) Sí, siamo praticamente vicini di casa! Comunque quinto piano interno nove, grazie... (*Rumore di ricevitore riappeso; pappagallo gongolante*) Questa volta finalmente si sgranocchia qualcosa! (*Tragico*) Ahimè, ma perché sono finito in questa gabbia di matti? Antonio, che cosa ti avevo fatto di male? Perché mi hai acchiappato e portato in Italia? Stavo cosí bene nella foresta! (*Si sentono rumori selvatici, richiami di uccelli tropicali*). Piena di pappagalline chiacchierone!... e quelle feste senza fine (*si sentono ritmi di tamburi e vocii indistinti di riti magici*), tutta la notte a ubriacarci sotto la luna, quando gli umani ci davano da bere per ascoltare il Grande Spirito che parlava dentro di noi... ci ascoltavano raccontare il futuro! A questi qui invece interessa solo quello che è successo l'altroieri, «e cosa hai fatto tu di nascosto, e cosa ho fatto io senza dirtelo...» Ma chisseneimporta! La mia gente non li capirebbe questi qua, la gente della mia terra è affamata di domani, e il tempo li ama per questo, li fa felici nel presente, adesso... si offre a bocconi enormi perché la mia gente lo vuole divorare... il tempo gongola dentro di loro... Ah, Grande Spirito, come vorrei che venissi qui a riprendermi, come vorrei che mi portassi di nuovo in Brasile, nella mia foresta! Grande Spirito, ascolta la preghiera di un povero pappagallo, vieni a riprendermi, portami via con te!

Suona il campanello.

LUCIANA E chi è?
LORETO Presto, andiamo ad aprire, sta arrivando il pranzo!

LUCIANA   Il pranzo?
LORETO   Ho ordinato la spesa al supermercato!

Rumore di porta che viene aperta; João parla con la stessa voce e lo stesso accento brasiliano caricaturale che poco fa era stato contraffatto al telefono da Antonio.

JOÃO   Bonjiorni.
LUCIANA   Buon...
JOÃO   Portao popikorni ji supemaki.
LUCIANA   Ma sono tre scatoloni! Enormi!
LORETO   Eh, tre giorni a secco... tre scatoloni!
LUCIANA (*allibita*)   Ma tu sei...
LORETO   Un fattorino, non lo vedi! Forza, dagli una mano a portare dentro la pappa!
LUCIANA   ... sei João!
JOÃO   João Antunes Coimbra do Spiritu Grandu.
LORETO (*esterrefatto*)   Come ti chiami?!
JOÃO   Joao do Spiritu Grandu.
LORETO   Hai esaudito la mia preghiera! Sei venuto a salvarmi!
JOÃO   Portao popikorni. Skontrinu scientuventiseimil liri...
LUCIANA   Oddio sto male...
JOÃO   Tropi solji? Ordinatu voish tantisimi popikorni!
LUCIANA   No no, va bene, è che... aspetti un attimo che prendo il portamonete... (*Rumore di passi veloci, ricevitore alzato e numero telefonico digitato in fretta; Luciana è sconvolta*) Pronto, pronto, Antonio!
ANTONIO   Luciana, amore! Finalmente!
LUCIANA   È successa una cosa incredibile!
ANTONIO   Lo so.
LUCIANA   Come, «lo so»?!
ANTONIO   João me l'aveva detto che prima o poi ti chiamava e ti raccontava tutto... È cosí impulsivo... Io non

avevo il coraggio di dirtelo… come facevo a spiegarti che mi ero preso una sbandata per un ragazzo brasiliano e che quando sono tornato in Italia ho avuto, sí, ho avuto qualche avventura, lo ammetto, per dimostrare a me stesso che mi piacciono solo le donne…

LUCIANA   Ma è venuto qui!

ANTONIO   Certo, ha tentato di raggiungermi in Italia, mi ha tempestato di telefonate, mi ha pedinato, mi ha assalito! Ma io sono stato irremovibile…

LUCIANA   È qui in casa!

ANTONIO   Lí?!?

LUCIANA   Qui, adesso! È all'ingresso che aspetta che gli paghi i popcorn!

ANTONIO   Aspetta, calmati, non ci sto capendo niente!

LUCIANA   Loreto ha ordinato la spesa al telefono, e il fattorino del supermercato è venuto a portare i popcorn!

ANTONIO   Cosa c'entra il fattorino!

LUCIANA   È João!

ANTONIO   Luciana, un attimo, mettiti tranquilla e…

LUCIANA   Oh, insomma, vuoi che te lo passi? Sentirai, parla con l'accento brasiliano!

ANTONIO   Non è possibile…

LUCIANA   Ha i capelli ossigenati, biondissimi, gli occhi viola, quattro orecchini all'orecchio sinistro, è in calzoni corti e ha le gambe perfettamente depilate! È lui!

ANTONIO   Luciana, perché mi vuoi umiliare cosí? Lo so che hai capito che mi sono inventato tutto! João non esiste!

LUCIANA   Non è vero! È di là alla porta!

ANTONIO   Ti ho raccontato la prima cosa che mi passava per la testa!

LUCIANA   Non è vero!

ANTONIO   Lo ammetto, basta, ti ho tradita, il pappagallo ha detto la verità!

LUCIANA (*a voce alta*)   João, vieni qui!

ANTONIO   Altro che paura di essere diventato omosessuale! Le giapponesi, la rappresentante di aspirapolveri...

LUCIANA (*flebilmente, con voce rotta*) Vieni a farlo tacere, João...

ANTONIO Ti ho tradita con le prime che mi capitavano sottotiro... La ragazza cieca, la tua migliore amica...

LUCIANA (*distrutta*) Porco!

ANTONIO Sono innamorato di te, Luciana...

Silenzio, ricevitore posato sul ripiano, ma non riappeso al telefono, rumore di passi di Luciana che corre verso l'ingresso dove si sente un tafferuglio.

ANTONIO Luciana! Dove sei? Ascoltami!

LUCIANA Loreto! João! Cosa state combinando!?

JOÃO Ajutu, Lusciana!

LUCIANA Loreto, sei impazzito! Lo stai facendo sanguinare!

LORETO Io questo qua lo voglio beccare fino a mangiargli il cervello!

JOÃO Lusciana, ajuta me! Papagalu shkatenao!

LUCIANA Basta, Loreto!

LORETO (*imperterrito*) Spiritu Grandu, síí... bel modo di dare una mano a un povero pappagallo che ti aveva chiesto una gentilezza...

JOÃO Ma komo! Portao popikorni!

LORETO Chemmenefrega di quattro popcorn rancidi!

JOÃO Treish skatolao! Popikorni freshkisimi!

LORETO Io ti avevo invocato per salvarmi!

JOÃO Coupa mea se namurao ji Lusciana?

La lotta si interrompe.

LUCIANA e LORETO Come come?!?

JOÃO Ashkòutame: Spiritu Grandu sentidu bujie ji Antoniu ki inventao storia ji João...

LUCIANA   Allora erano tutte balle! Antonio mi ha tradita davvero, senza nessun motivo! João non esiste!

JOÃO   Adeso sí ki esishte! Ekko me, guarda! Spiritu Grandu fato João in karne e osa pe jutare Antoniu e papagal, ma poi namorao ji Lusciana...

LORETO   Ma se non la conosci neanche!

JOÃO   Sí ki konhosso! Pratikamenji ugualu a Lusciana! Guarda me! Depilao, kolorao kapeli blonji komo Lusciana, komprao lenji a kontatu violi komo oki Lusciana, spunjikao rekia sinishtra pe mete quatro rekini komo Lusciana... diventao tutu Lusciana da teshta i pieji! Namurao ji Lusciana!

LUCIANA   (*preoccupata; tentando di imitare maldestramente l'accento di João*)   E... tajatu anku via... tutu... in mezo... a giambi?

JOÃO   Nao! In meso a jambi tutu a poshtu, meu amohr!

LUCIANA   Menu malu!

LORETO   Ma a chi la racconti?! Come si fa a innamorarsi in cinque minuti!?

JOÃO   (*solenne*)   Scinku minuji da vida ji Spiritu Grandu è komo dieismil anu!

LORETO   Ma l'hai vista bene? Tutta lurida, spettinata... non si lava da una vita... puzza!

LUCIANA   Ma senti che stronzo! Mi sono sporcata per grattare via dal bagno le tue porcherie!

JOÃO   No dà reta, Lusciana! Eu shkioko ditao e trashforma te ina fata pulitinha e profumeira... Um, dois, tresh... (*Rumore di schiocco di dita*).

LUCIANA   (*stupefatta*)   Ooooh!

LORETO   E per me cosa fai?

JOÃO   A tíu jià portao popikorni! Adíu, Loretu...

LUCIANA   Addio Loreto, mi mancherai...

JOÃO   Um, dois, tresh... (*Schiocco di dita*).

LORETO   Ma dove... ??? Luciana, João!

Si sente in lontananza la voce di Antonio che nel frattempo è rimasto al telefono.

ANTONIO   Luciana! João! Loreto! Cosa sta succedendo, lí! ?

Loreto svolazza a raccattare il ricevitore del telefono.

LORETO   Sono spariti... Volatilizzati...
ANTONIO   Chi sei?
LORETO   Loreto!
ANTONIO   E Luciana?
LORETO   Se l'è portata via il Grande Spirito...
ANTONIO   (*intimidatorio*)   ... Loreto, non ricom–
LORETO   ... o le tue bugie, se vuoi! Luciana se la sono portata via le tue bugie...
ANTONIO   Me l'avevi detto tu di inventarmi qualcosa...
LORETO   Sei proprio un figlio di puttana...
ANTONIO   È vero, non sono fatto per le cose tranquille...
LORETO   (*conciliante*)   Un vero marpione!
ANTONIO   È che non ci riesco proprio a essere fedele...
LORETO   (*lusinghiero*)   E come le stendi! Uno sciupafemmine!
ANTONIO   Be'... non esageriamo!
LORETO   No no, lasciatelo dire! Perché non vieni qui che te lo dimostro?
ANTONIO   Me lo dimostri? E come?
LORETO   Ti rifaccio tutte le voci delle donne che hai portato qui! Tutte le donne del mondo, ti faccio!
ANTONIO   Tutte?
LORETO   Tutte tranne Luciana! Alla fine ce l'ho fatta a buttarla fuori di casa! Siamo soli, Antonio! Io e te!
ANTONIO   E dove vorresti metterti? Sul divano?
LORETO   No, sui popcorn! Svuotiamo fino all'ultimo sacchetto, spargiamo tutto per terra, ci facciamo un materasso di popcorn grande come tutta la stanza!

ANTONIO (*divertito*)   Tu sei pazzo!

LORETO   Sí, sono pazzo di te, Antonio! Sei un uomo irre-
sistibile, a forza di ripetere la tua voce mi sono innamorato di te!

I genitori sono sopravvalutati

I genitori sono sopravvalutati. Se ne parla troppo. Soprattutto nell'adolescenza, c'è questa tendenza dei figli a gettare tutte le colpe addosso a mamma e papà.

Se uno vuole prendersela con il genere umano, è meglio guardare fuori di casa. Sono ben altre le ingiustizie del mondo, anche quelle che ci riguardano di persona.

I genitori, poverini, ce la mettono tutta per farsi accettare dai loro figli. Dovrebbero essere i figli a chiedere permesso, entrando in una famiglia: sono loro gli intrusi.

I piú egoisti sono i neonati: quelli sono capaci di svegliare anche cinque volte per notte una coppia di sposini. I neonati non hanno nessun rispetto, neanche quando papà e mamma sono esausti perché hanno appena fatto l'amore. I neonati gli rovinano la festa. Si mettono a gridare all'improvviso nel cuore della notte.

Una romantica ragazza ha un dolcissimo orgasmo insieme al suo uomo adorato, mescola a suo marito l'anima e il sudore. Si addormenta al suo fianco, ed ecco che di colpo sente un urlo, sbarra gli occhi nel buio, c'è qualcuno che piange, le tocca alzarsi a spatolare via la schifezza dal culo di un marmocchio.

Io non ho figli, ma le capisco le mamme che li fanno fuori, questi bambini maleducati. E i miei genitori li rispetto, per avermi sopportato.

Mio padre si è sempre comportato da persona civile, con me e le mie sorelle. Non ha mai dato fastidio. Stava via di casa sei mesi l'anno, lavorava negli alberghi sul lago. Ha fatto figli in giro, non sa nemmeno lui quanti, con molte donne diverse, per non caricare la tensione famigliare solo sulla nostra casa. Di conseguenza anch'io non mi sono mai sentita troppo importante.

Una volta la gente era piú saggia, faceva tanti figli, dappertutto, come capitava, per alleggerire l'idea di famiglia.

Adesso sono tutti figli unici. Al giorno d'oggi gli esseri umani si sentono tutti piú unici che rari.

Io a mio padre gli voglio bene. Lo vado a trovare una volta all'anno in casa di riposo. Non mi dimentico mai di portargli una bottiglia di cedrata.

Mia madre purtroppo è morta, altrimenti riserverei lo stesso trattamento anche a lei.

Mia madre faceva la sarta. In casa venivano tutte le donne del quartiere, a raccontarle le loro beghe. Lei gli prendeva le misure con il metro a fettuccia, e loro intanto le chiedevano consigli, si facevano consolare.

La nostra casa era una specie di teatro. Nuove clienti entravano in scena, una dopo l'altra, facevano il loro numero da grandi attrici. Sul palcoscenico si avvicendavano monologhi strepitosi, e anche tante chiacchiere a vuoto.

Siccome mia madre era praticamente sorda, le loro faccende private, anche quelle molto intime, gliele dovevano gridare. Io e le mie sorelle siamo venute su stando a sentire tutti i segreti del quartiere.

Le clienti si strozzavano, sgolavano i loro racconti per mezz'ora di seguito. Uscivano da casa nostra paonazze, per colpa di quelle confessioni. Ma a renderle cosí sconvolte non era soltanto lo sforzo fisico di dover gridare.

Le confidenze hanno valore solo perché vengono bisbigliate. Certi segreti, o anche certi pettegolezzi, diventano tutta un'altra cosa, se uno si mette a gridarli. Quando uno le proclama, le confidenze si rivelano per quello che sono: un po' di voce, aria che si muove.

Molti racconti delle clienti di mia madre si sfasciavano, a quel livello di decibel, non reggevano proprio. E le donne che venivano in casa nostra a gridare ne uscivano spossate, per avere demolito a colpi di voce i loro segreti.

Le clienti si facevano confezionare camicette e gonne, vestaglie, di tutto. Mia madre era in grado di cucire qualsiasi cosa. Grembiuli, sottovesti, tutine, cappotti.

Mia madre ha lasciato un cassetto pieno di quaderni. Sono piccoli fascicoli azzurri, da ragioniere. Le pagine sono a righe, ma a destra sono interrotte da colonnine verticali, che formano le caselle per tenere la contabilità.

In quei quaderni mia madre ha segnato le misure di tutte le donne del quartiere.

Ogni tanto li sfoglio e leggo le colonne di cifre. Petto, fianchi. Girovita, girocollo. Larghezza spalle.

Nei quaderni di mia madre c'è l'anagrafe di mezzo quartiere, un'anagrafe fisica, con le misure di tutte le donne che hanno vissuto da queste parti negli ultimi cinquant'anni.

Scorrendo quei numeri, si possono seguire un sacco di storie personali.

Fioritura del seno. Chili messi su dopo il matrimonio. Gravidanze. Diete. Menopause.

Corpi di femmina, tutta una faccenda di gonfiori e sgonfiori.

Nei quaderni azzurri c'è la storia cifrata delle donne di questo quartiere. Mia madre era capace di decifrarla alla perfezione. Per forza: era lei che l'aveva scritta, quella storia fatta di numeri. Anche quando era in pensione, si metteva sulla sua vecchia sedia da lavoro a leggere ad alta voce i quaderni azzurri come se fossero romanzi.

Crescita, sviluppo, appesantimento. Mammelle estirpate, braccia o gambe mutilate, in certi casi.

Si vedeva questa vecchia sorda, seduta su una poltroncina di vimini, con un quaderno in mano, che esclamava a voce un po' troppo alta un numero, poi un altro numero, poi un altro. Faceva strani ghigni quando si ricordava la forma del corpo che lei aveva ricopiato nella stoffa, magari cinquant'anni prima. Riconosceva ogni cifra, la faceva rivivere. Sembrava una di quelle vecchie che chiamano i numeri giocando alla tombola, e sorridono mentre li traducono in simboli, perché sanno a memoria il loro significato.

Mia madre rileggeva i suoi quaderni di sarta, ricostruiva la storia delle corporature. Prima comunione, cresima, fidanzamento, matrimonio, primo parto, secondo parto, terzo parto, chemioterapia, operazione, funerale.

Di recente, dopo che mia madre è morta, si è presentata qui da noi una specie di fattucchiera, di quelle che leggono le carte in televisione. Voleva che le vendessimo i quaderni della mamma per gettare il malocchio su una sua nemica. Ma davvero si può far diventare storpia una donna mescolando le sue misure?

Mia madre tagliava le stoffe sul ripiano del tavolo. Distendeva le grandi pezze e le disegnava con un gesso speciale, piatto e rettangolare, una specie di piccola piastrella, che andava usata di taglio.

Alla televisione una volta hanno mostrato i continenti alla deriva. Milioni di anni fa le terre emerse formavano un blocco unico, poi i continenti si sono fratturati, si sono sbriciolati come un cracker, e l'oceano ha invaso quei ruscelli strettissimi, appena formati fra un continente e l'altro, canali larghi mezzo metro e profondi dieci chilometri.

Le pezze di stoffa disegnate con il gesso da sarti assomigliavano alla mappa dei continenti appena separati.

Mia madre usava un paio di forbici molto grandi, con due lame lunghissime. Uno dei due manici finiva con un anello tondo per infilare il pollice. L'altro manico formava un anello oblungo, che conteneva comodamente le altre quattro dita della mano.

Per tagliare la stoffa, appoggiava la mano sulla pezza e non staccava mai le forbici dal ripiano del tavolo. Via via che proseguiva il taglio, si distendeva sopra la pezza allungandosi in avanti come fanno i giocatori di biliardo. Certe volte montava sopra il tavolo e seguitava a tagliare a quattro zampe. Assomigliava a una distruttrice di biliardi, una che si sta scavando una canaletta nel panno con le forbici, sulla traiettoria fra la palla e la buca.

Il tavolo faceva da cassa di risonanza al trancio di quelle grandi forbici, lo amplificava.

Quando mia madre tagliava le pezze, tutta la stanza si riempiva di quel rumore. Il laboratorio da sarta sembrava una macchina trinciatrice che si accaniva sulle stoffe piú grosse, sui panni spessi, corpulenti come bistecche.

In fondo al cassetto ho trovato un quaderno segreto, che contiene le misure degli uomini.

Mia madre gliele prendeva con il metro da sarta, a pantaloni aperti e mutande abbassate. Lunghezza, circonferenza del sesso. A riposo, sull'attenti.

Mia madre commetteva adulterio sopra il tavolo da lavoro.

Uno dei suoi passatempi era stendersi sopra la stoffa della cliente, dopo averla disegnata con il gesso. La cosa che preferiva era commettere adulterio con i mariti delle proprietarie di quelle pezze.

I disegni sulla pezza di stoffa la ispiravano per i suoi giochi d'amore. Si inventava nuove posizioni disponendo il suo corpo sull'anatomia della cliente. Per esempio, si rannicchiava dentro il disegno del lato posteriore di una gonna-pantalone, e diceva al suo amante: dài, fammelo sul didietro di tua moglie.

Le mogli dei suoi amanti giacevano squartate dal gesso, sul ripiano del tavolo, sotto gli amori di mia madre, come i disegni delle vacche dal macellaio. Quando il vestito era finito, le clienti di mia madre non lo sapevano che stavano portando su tutto il corpo le loro corna fatte di stoffa.

Mia madre soffriva d'insonnia. Di notte cuciva perizomi fatti su misura per i suoi amanti. Glieli faceva indossare durante i loro giochi, ma poi non glieli regalava mai. Quelli erano i suoi trofei, li conservava nascosti in fondo a una cassapanca.

Erano fatti con i ritagli di pezze delle sue clienti. Ne abbiamo trovati di seta, cotone, raso, acrilico. Ma anche di lana, grisaglia, loden. Li abbiamo contati, sono duecentotrentuno.

Quando ho compiuto diciotto anni, mia madre mi ha preso le misure. Mi ha cucito un solo vestito in tutta la vita, per Carnevale. È stato un successo, in paese ha fatto sbellicare tutti, mia madre era molto orgogliosa. L'ho indossato una volta, poi non l'ho portato mai piú. Mia madre lo ha messo da parte nella cassapanca. Era un abito da sposa.

Mia madre era una bellissima donna, un po' bassa, ma ben fatta, con la figura slanciata. Anche a sessant'anni, era ancora appetitosa.

A mio padre cuciva una giacca bianca ogni anno. Doveva essere pronta per l'inizio della primavera, quando mio padre partiva per andare a fare la stagione al lago. Con la sua divisa da cameriere era elegantissimo, sembrava un principe.

Anche mio padre era molto bello. Era un uomo altissimo, con la pelle di un bambino. Ancora oggi che è cosí vecchio, a parte qualche ruga la sua faccia è liscia e bianca.

Le mie sorelle sono tarchiate, hanno la pelle ispida. Anch'io sono tarchiata, e ho la pelle ispida. Ogni mattina mi sveglio e trascino il mio corpo corto e largo fino allo specchio, salgo sullo sgabello per guardarmi. Sono sicura che anche stanotte, come ogni notte, da qualche parte della faccia mi è spuntato un bubbone nuovo. Ho sempre almeno un brufolo sulla punta del naso.

Basta darci un'occhiata, a me e alle mie sorelle, per capirlo: noi non siamo figlie di nostro padre.

Ho cinquant'anni, sono zitella.

Se avessi avuto piú coraggio, da giovane, avrei raggiunto in albergo mio padre, sul lago d'estate, e avrei fatto l'amore con lui: per concepire un bambino con la pelle liscia e le gambe lunghe. Per migliorare la mia razza.

Adesso è troppo tardi. Adesso lui sta in casa di riposo, io gli porto una bottiglia di cedrata.

Non si ricorda piú di me. Non mi riconosce. Mi prende per un'infermiera professionista, mi chiede se posso fargli certe cose.

Ti pago, mi dice.

Io per mio padre lo farei anche gratis, non sono una che si scandalizza. Se c'è gente che ha bisogno, io non mi sono mai tirata indietro. Con i camionisti che passano, i muratori dei cantieri. Ma anche con i piú poveri del quartiere, gli insegnanti. Il maestro elementare non ha un soldo, ma io lo accarezzo lo stesso, quando sente un'urgenza.

L'amore nella vita non mi ha rispettato, a me. Io non gli devo proprio niente, all'amore. Ma che senso avrebbe farlo con mio padre, adesso? Ormai ho cinquant'anni, sono sterile. Le mie uova sono andate tutte a male, un mese dopo l'altro.

Quando mia madre è morta, io e le mie sorelle abbiamo preso una decisione. Le casse da morto sono tutte uguali, anonime, mentre ognuno di noi è diverso, e mia madre aveva una personalità tutta sua. Perciò l'abbiamo sepolta dentro la cassapanca. Ci stava perfettamente, là dentro, spaparanzata sui perizomi.

Il mio abito da sposa di Carnevale invece l'ho trasferito nell'armadio, in mezzo a una cinquantina di giacche bianche da cameriere.

Mi tolgo subito le mutande cosí facciamo prima

Mi tolgo subito le mutande cosí facciamo prima, Scarpa, guardi bene, adesso mi dica: come lo chiamerebbe lei? Cratere? Toppa? Spioncino? Confronti pure col buco del culo: la vede la differenza? Il buco del culo è in dentro, eh certo, dica, Scarpa, dica pure cosa le viene in mente, il buco del culo è cavo, eh sí, pozzo, valvola, sfiatatoio eh! Bravo Scarpa, a lei le parole non mancano, perché poi è venuto a chiederle a me non si sa. Sfintere, sfinge! Appunto, in dentro: quest'altro invece è leggermente in fuori, con gli orli, come una gengiva slabbrata intorno a un dente appena tolto. Un alveolo, no? E già che ci siamo, come l'occhiaia di un camaleonte cieco, non le pare?

Questa montagnola di pelle, questo piccolo vulcano intorno al cratere, doveva essere il materiale da costruzione per una vagina come dio comanda. Bertolla me l'ha detto:

– Adesso ti sbendiamo, – mi fa, – non ti impressionare, per adesso è solo un buco insulso, siamo soltanto a una fase intermedia.

Intermedia, seh! Intermedia un cazzo, Bertolla! Definitiva! Bertolla è ancora lí che aspetta, col bisturi in mano e l'uccello duro. Non scherzo: – Siamo ancora lontani da una bella paperetta, – mi ha detto, – ma se viene bene vorrà dire che la fai collaudare a me.

Un chirurgo che la chiama *paperetta*, capisce, Scarpa?

E io gli avrei messo in mano tredici anni di stipendio per farmi fare una *paperetta*! Per dargliela da assaggiare a Bertolla, poi! Farmi cucire una vagina a punto croce da Bertolla!

Quello non ha capito un cazzo, eppure gliel'ho detto subito, appena riaperti gli occhi, tutto intorpidito per l'anestesia.

– Buongiorno, Marcella, – mi fa lui strizzando l'occhiolino.

E io di botto, reattivo, come se invece che da cinque ore sotto i ferri stessi tornando fresco fresco da un pisolino:

– *Marcellum*, semmai, – ho detto.

Ho scandito bene sulla desinenza, neutra, né maschio né femmina, e che sia finita con questo tormentone del sesso, cristo santo, che sia finita una volta per tutte. Anche Bertolla che ha fatto studi classici non può non aver capito. Sicuramente l'ha capito. Eppure, sa che cosa? L'ha presa per una battuta!

– Ah be', certo: Marcellum, per il momento! – ha detto Bertolla. Capisce, Scarpa? L'ha preso per un gioco di parole, il chirurgo dei miei coglioni! Ma io non faccio piú giochi di parole. Nell'attimo stesso in cui ho detto *Marcellum* ho sancito la fine dell'epoca dei giochi di parole. Niente piú doppi sensi, niente piú doppi fondi: ve li lascio tutti volentieri. Prendeteveli tutti: ci sguazzi lei nei suoi giochi di parole, Scarpa! Alla lettera, d'ora in poi voglio essere preso alla lettera!

Ci crede che se ci penso è proprio questo il sollievo piú grande? Aver buttato in cesso tutti i giochi di parole. È diventato tutto serio, finalmente, tutto il mondo una serietà sconfinata, a braccia aperte, ma serio anche nei dettagli, minuzia per minuzia, particolare per particolare. A partire da me, a partire da questo svalvolo da piscio, serissimo anche lui. Smettere di fare lo spiritoso, il sollievo piú grande: non esagero, piú grande ancora dei pensieri a vuoto che avevo prima.

Prima ero perseguitato dalla mia testa, se cosí si può dire. Ecco, sí, parliamo del prima: cos'è cambiato fra prima e dopo, giusto? Non era questo che voleva sapere? Il prima e il dopo? Prima sprecavo le ore pensando a Gabriella, rimanevo lí intontito a guardare fisso nel muro, con la faccia imbambolata, ha presente? Scavavo il mio sguardo dentro le pareti, le scalpellavo a colpi di pupille. Lí dentro ci vedevo Gabriella nuda, tonda, scolpita dentro il muro: una statua morbida, a tre dimensioni, a quattro zampe. Mi appariva anche al lavoro, nella faccia del cliente oltre il vetro: quello se ne stava ad aspettare la ricevuta del bonifico e io avevo un'apparizione. Lo trapassavo, io, il cliente, scavalcavo quella faccia da culo spazientita, tutta rincagnata: ci vedevo il dolcissimo canino un po' in fuori di Gabriella. Mi appariva quando guardavo la televisione, era come un velario appeso davanti allo schermo. Nel telegiornale, al posto della giornalista, io vedevo la mia Gabriella che leggeva le disgrazie del mondo: le sue guance tonde, le sue tette tonde, gli occhi e i capezzoli puntati sul foglio delle notizie.

Io ero uno che vedeva facce dappertutto. Su una scarpa buttata di sghimbescio per terra ci vedevo uno sbadiglio spalancato, con tanto di versaccio, *huàaaunn*. I lacci erano lacrime che colavano dagli occhielli, dagli occhietti stanchi. Non riuscivo mica a vederci una scarpa e basta. Van Gogh lo capivo, io: trattenere, trattenere l'immaginazione! Una questione di forza di volontà, e d'impegno, anche. Bisogna mettersi lí davanti e passarci delle ore, senza accontentarsi di contemplare, ma *facendo* la contemplazione. Per trattenere l'immaginazione bisogna applicarsi, lavorarci dal vero: fissarle, disegnarle, copiarle: di piú! *Dipingerle*, le scarpe, per riuscire a non vederci delle facce. Costringersi a rifare il loro contorno scarpario, rifare anche i loro colori scarpanti per riuscire a vedere soltanto un paio di scarpe, non un paio di facce che sbadigliano. Un paio di scarpe e nient'altro.

Le è piaciuta questa, Scarpa? È per lei, gliela dedico, in omaggio al suo cognomaccio. Ha visto come glielo nobilito? Addirittura Van Gogh! Ma non poteva scegliersi uno pseudonimo, anche lei?

Io vedevo Gabriella dappertutto, travisavo, trasognavo. Mi imbambolavo a immaginarla in tutte le pose nude e in tutte le situazioni porno, mi perdevo nelle mie tenerezze. Era tutto uno struggersi, il mio, era un inzupparsi di continuo in questi pensieri. Mi ci sono sciolto nel mio romanticismo, per settimane, per mesi. La mia Gabriella non mi voleva da un pezzo, me lo aveva detto chiaro e tondo, a dire la verità me lo aveva detto con i fatti piú che con i discorsi, ma io la pensavo in continuazione. Pensavo tutte le cose erotiche che si possono pensare di una donna, e alla fine ho pensato di disfarmi del mio stupido amore, ho pensato di cagare dentro un preservativo e di chiavare il water tirando l'acqua del cesso.

Cosa fa, Scarpa: si eccita?

Pensi che a me queste cose non fanno piú né caldo né freddo, né a pensarle né a dirle. Le sto descrivendo un mucchio di rovine, le macerie di un desiderio esasperante. Un monumento sentimentale abbattuto, raso al suolo. Si rende conto di quanto mi sia sentito libero, dopo? E pensi che lei non l'ha mai vista, la mia Gabriella, eppure si sta lasciando abbindolare da due tre frasi: rifletta su questo, Scarpa. Ma io l'ho conosciuta davvero, l'ho amata, e dopo un anno questo amore è stato troppo grande da sopportare, Gabriella non mi voleva e io ero invasato dall'amore. In un barile di salamoia, ero.

Dopo aver pensato in continuazione a lei, ho pensato di estirparlo, questo amore. Mi sono fatto tagliare i testicoli gonfi d'amore, mi sono fatto staccare questo imbecille di cazzo che alzava immediatamente la testa e pretendeva di dire la sua appena pensavo alla mia Gabriella.

Dire cosa, poi?

Cinque o sei schizzi bianchi è tutto quello che sa dire un cazzo innamorato: sempre lo stesso discorso, lo stesso verso, cinque o sei sillabe accentate, una breve e una lunga, un alfabeto Morse di svirgoli e filacci.

Per scrivere cosa, poi?

Ha mai provato a leggere gli ideogrammi di sperma sulla pancia di una donna dopo una scopata interrotta all'ultimo momento? È mai riuscito a leggerci qualcosa? Chissà che il suo pennarello letterato non riesca a metterci la firma! La zeta di Zorro! La esse di Scarpa! Ha mai scritto *t'amo* sulla sabbia con i fiotti bianchi? Le do questo esercizio spirituale, un bel compito per casa: provi a scrivere il nome della sua ganza con gli schizzi dell'orgasmo, poi mi saprà dire se il suo cazzetto ha attitudini poetiche! Impugni bene il calamo e improvvisi un bel sonetto col suo cazzerillo che sborra!

Ho sradicato il tronchetto piantato fitto nel mio amore: cosa avrei dovuto fare, strapparmi il cuore? Farmi tagliare la testa, con la ghigliottina?

Prima il mio cervello annaspava nel torbidume amoroso, ma dopo, dopo sí che si è rischiarato tutto: ho cominciato a intravedere qualcosa, dentro quella scatoletta di brodo di giuggiole. Ci galleggiava un cervello capace di intendere e di volere, volendo! Ci galleggiavo io!

Ma del dopo voglio parlare dopo, prima parliamo del prima. Avevo trentadue anni, dall'età di diciannove io lavoravo a Cagnara Veneta, in una filiale della Caribat, Cassa di Risparmio della Bassa Trevigiana. Ci pensi lei a cambiare i riferimenti, Scarpa, mi raccomando: e non faccia troppo lo spiritoso con le caricature dei nomi, che butta tutto in vacca. Lo so già che lei butterà tutto in vacca.

In banca mi ci hanno ficcato dentro appena finito il militare, a forza di raccomandazioni. I miei erano gli unici in tutta la bassa trevigiana a credere ancora nel posto fisso. Intanto persino le suocere del paese avevano almeno un genero con una fabbrichetta. Entravano nella filiale in grembiule e ciabatte, e tiravano fuori dalla tasca del grembiule rotoli di sberle da centomila lire: ma questo non ci interessa né a me né a lei, vero? Spero che non si aspetti da me il pippone su piccola imprenditoria di provincia e spregiudicato fiuto per gli affari e inventiva aziendale e etica del sacrificio e generazioni di sfacchinate e desiderio di rivalsa dopo secoli di miseria e produttività super e esportazioni a livelli record. Spero che non gliene freghi un cazzo se questi uomini con le unghie spesse un centimetro hanno portato la nostra beneamata regione ai vertici del reddito pro capite europeo. Questi esseri con la pellicina sottile da far spavento tesa sul cranio calvo che basterebbe un colpo di lametta a scalparli, basterebbe un martelletto fino per piantarci un chiodo in testa e regalargli un'idea fissa diversa dall'amore.

Sorpreso, Scarpa?

Pensava che avrei detto «diversa dai soldi», vero? E invece no, questi guadagnano soldi perché non si può guadagnare l'amore, è cosí semplice! E a me e a lei non ce ne fotte niente di parlare dell'economia di queste terre sbeffeggiate da Dio e dagli uomini, vero? Altrimenti mi rimetto subito le mutande e buonanotte, vada a chiedere direttamente a loro, che qua parlano solo i miei buchi, i miei opercoli, i miei orifizi! Ci metta le orecchie vicino, li ausculti, li lubrifichi, li lecchi, vaffanculo! Sentirà che cos'hanno da dire.

L'economia di queste plaghe è dettata dall'amore, la produttività aziendale e le strategie di marketing sono dettate dall'amore, come dappertutto!

Lo sa come ho conosciuto Gabriella? O dovrei dire come sono stato conosciuto da Gabriella, giusto? Maneggiando amore liofilizzato, vita liofilizzata: maneggiando banconote!

Una mattina Schiavòn, il cassiere, mi ha fatto scivolare una busta sullo sportello, con l'indirizzo della banca e il mio nome di battesimo nudo e crudo.

– Ricevere posta al lavoro, porta male! – ha detto Schiavòn. Io questa cosa della posta che al lavoro porta male non l'avevo mai sentita: ma perché poi?

– Potrebbe sempre essere una lettera di licenziamento, – mi fa Schiavòn. Era molto peggio di un licenziamento, erano venti righe che avrebbero cambiato tutto. I bordi taglienti di un foglio di carta possono ferire un polpastrello, ma quel foglio di carta era molto piú affilato, adesso posso dire che aveva già iniziato ad affondare nella carne prima ancora che iniziassi a leggerlo, nel giro di un anno mi avrebbe tranciato di netto cazzo e coglioni, quel foglio di carta. Parlo a effetto, eh? Cosa le pare?

La prima lettera anonima che ricevevo in vita mia, battuta a macchina per di piú:

Gentile Signor Marcello,

ho aspettato quasi un anno prima di scriverle, per vedere se le circostanze ci avrebbero fatto conoscere, ma non è successo, e allora alle circostanze ci penso io.

Se c'è una cosa che ho imparato nella vita è che non bisogna avere paura di chiedere: arriva il momento in cui si ammette di avere bisogno.

Bene: io le chiedo di darmi la possibilità di conoscerla.

Il suo volto, la sua voce, le sue mani, è tutto quello che so di lei. Il suo nome l'ho acciuffato al volo quando il suo collega lo ha lanciato in aria verso di lei, gliel'ho rubato di nascosto. Non so nient'altro di lei. Ho appena un'immagine del suo stile di comportamento allo sportello, quelle poche volte che sono entrata nella sua agenzia.

Io mi fido dei volti.

Sarebbe uno spreco, non so ancora quanto grande nel nostro caso, ma sarebbe uno spreco se permettessimo che gli incontri fossero solo un frutto delle coincidenze.

Per favore, provi a pensare a tutte le persone che frequenta, una per una, e conti quante ce ne sono che ha veramente deciso di conoscere. Confronti questo numero con la somma di quelle che dipendono dal caso, il caso in tutte le sue forme: il posto dov'è nato, la famiglia, la scuola, il lavoro, i vicini.

Io ho deciso di conoscerla, se lei è d'accordo, Signor Marcello. Lo capirò dal suo volto, se è d'accordo. Arrivederci.

Per un mese non sono piú riuscito a essere naturale allo sportello. Voglio dire che non riuscivo a mantenere lo standard di artificio richiesto a uno sportellista di banca. Mi impappinavo, impostavo le smorfie a sproposito: compiacente, accondiscendente, bendisposto, ruffiano, disponibile, favorevole, scoglionato. Ogni dieci minuti mi convincevo di aver colto per un attimo uno sguardo sbilenco nelle clienti, dalle ragazzine alle suocere. Un'occhiata di lato, un puntamento fisso che durava un attimo, un guizzo: di sicuro mi stavano guardando cosí per stanare un sottofondo nei miei occhi, per vedere se ero d'accordo con la lettera, se mi andava di fare conoscenza.

Potevano essere tutte e nessuna, una coalizione femminile fatta per prendermi per il culo, tutta la popolazione femminile di Cagnara Veneta e frazioni limitrofe che si era messa d'accordo per sputtanare me. Non avevo nessuna idea di chi potesse essere, diciamolo. Cagnara Veneta faceva settemilacinquecento abitanti, senza contare le frazioni intorno.

Ogni tanto mi usciva un sorriso imbecille di fronte a Schiavòn, lo ringraziavo segretamente di quella faccenda del mio nome lanciato verso di me e acciuffato al volo mentre piroettava per aria. Schiavòn non capiva un cazzo, grugniva.

Ho passato un mese di totale confusione, ma ero anche molto eccitato. Adesso lei penserà che l'orgoglio di far colpo su una donna, tanto da spingerla a fare la prima mossa, a esporsi con una lettera e fregnacce varie… No, non era questo, era tutto l'insieme. L'aria di destino che ho respirato dentro quelle poche righe… Sul serio: quella lettera mi aveva fatto rabbrividire perché sembrava di sentire gli ingranaggi celesti che scricchiolavano. Metteva in discussione cielo e terra, quella lettera.

E poi tenga conto che io non avevo una faccia, non avevo voce, non avevo mani: è stata quella lettera a darmele.

Avevo trentadue anni e non mi ero mai accorto di avere un'immagine addosso, un involucro tutto mio, qualcosa di esterno che potesse significare per gli altri un carattere, una personalità qualsiasi. Io ero uomo da sportello, per me il mio volto era l'addizione di una pettinatura a posto e una rasatura accurata sopra la cravatta, ogni mattina. La mia voce era un tono professionale addestrato a non far motto di fronte agli sborroni in Merdeces che venivano da noi a cambiare assegni da cento fantastiliardi. Dopo quella lettera ho cominciato a guardarmi allo specchio. Soprattutto gli specchi dei negozi di abbigliamento. Chi l'avrebbe detto? Ci sono entrato per la prima volta senza la mamma! E poi anche dal barbiere, invece della signora Rosy, la parrucchiera di Cagnara Veneta che mi teneva a bada la frangia fin da bambino, mentre faceva la permanente alla mamma.

Ma ogni volta che rileggevo la lettera, ovviamente la domanda principale era: chi avrei desiderato che fosse fra le donne che passavano in banca? Monica Sbrendolàn? La bionda di Saccagnago col libretto al portatore sempre a secco? La vedova Codussi? La figlia del benzinaio?

Intensificavo in profondità l'interpretazione della lettera anonima, frase per frase. Mi domandavo quanti anni, che fisico, quale conto in banca poteva avere una che era andata dritta al sodo. Non proprio tutto sodo però. Non aveva saputo trattenersi del tutto. Uno svolazzo se l'era concesso, quel nome «lanciato in aria» e «acciuffato al volo». D'altra parte era l'unica licenza poetica in tutta la lettera, siamo onesti: avrebbe potuto tranquillamente cospargere ogni cosa di melassa, dalla prima all'ultima riga. Però poteva essere davvero un brutto segnale, quella faccenda del nome lanciato e acciuffato al volo. Sí, era una macchia d'unto che si allargava e rovinava tutto il resto della lettera. Eppure l'avevo letta cento volte: all'inizio mi aveva fatto l'effetto di un discorso sobrio, secco. Invece, leggi e rileggi, cominciavo a non sopportare piú nemmeno quella storia del «caso in tutte le sue forme», oppure «io mi fido dei volti», e anche «se c'è una cosa che ho imparato è che non bisogna avere paura di chiedere, arriva il momento in cui si ammette di avere bisogno»: erano frasi fradicie, impomatate, la tipica morosa che si presenta tutta agghindata al primo appuntamento di una vita da mogliera coi bigodini. Questa qui doveva essere una a cui piaceva spargere scorregge profumate per il mondo. Le uscivano petardi alla violetta dal culo e aveva deciso di spararmeli tutti sotto il naso proprio a me. Che se li tenga i suoi metafori aulenti! L'unica cosa certa è che la poetessa scorreggiona aveva usato una Olivetti lettera 35, e che pestava sui tasti come un minatore: un'isterica! Alla larga! La grafologia è una scienza esatta, Scarpa!

Io già non la sopportavo, non la potevo piú vedere ancora prima di sapere che faccia avesse. Io una cosí se mi si presenta allo sportello le scoppio a ridere in faccia, qualunque faccia sia. Non vedo l'ora che mi venga davanti a dire «piacere, ha letto la mia lettera?», per tenermi la pancia dal ridere davanti a lei, – Pronto, è lei la signorina Gabriella? – ho detto al telefono, – volevo dirle che sarei molto felice di uscire con lei, – e ho messo giú di colpo, perché non era mica giusto che io ricevessi le lettere anonime e poi silenzio, mistero, lasciato lí a friggere per un mese, e di punto in bianco mi arrivasse quest'altro bigliettino col numero di telefono. Troppo comodo!

Lo sa quando ci siamo dati il primo appuntamento? Era un sabato pomeriggio di settembre, uno di quei giorni in cui uno si ritrova con un pullover di lana sopra la maglietta a maniche corte, si porta addosso due stagioni diverse, a strati, e anche il cielo fa lo stesso, le gocce fresche bucherellano l'aria ancora calda.

Non gliene frega un cazzo di sapere che tempo faceva, eh? Massí, la sto prendendo per il culo: voglio vedere quanto resiste prima di saltarmi al collo e strozzarmi se non le descrivo subito Gabriella.

Non era una cliente fissa della banca, veniva una volta ogni tanto per conto della ditta: ma certo, quella mora coi riccioli e la faccia tonda, le spalle tonde, le tette tonde! Me la ricordavo, tutto sommato: ma proprio un tutto sommato. Non dico che per riconoscerla io abbia dovuto sforzarmi, però non era di certo una di quelle su cui puntavo. E poi aggiunga il dentino sporgente, fuori allineamento. Comunque, era un sabato pomeriggio di settembre e ci siamo messi d'accordo per questo fatidico primo incontro. Gabriella è passata a prendermi in macchina, perché io non avevo nemmeno la patente, ero proprio un derelitto, non dimentichi che fino a un mese prima mi facevo comprare le mutande dalla mamma.

Gabriella ha suonato il clacson e mi ha preso su in macchina, e io ho riconosciuto la mora tonda che veniva in banca ogni tanto. Lei ha iniziato a parlare del fresco che faceva e dei film che potevamo andare a vedere, e io intanto dentro di me pensavo «parla parla», e mi ripetevo mentalmente il discorsetto che mi ero preparato per scaricarla, perché non mi sembrava bello farglielo al telefono, e anche perché non ero proprio sicurissimo di aver capito chi era, dal suo nome e dal numero di telefono, volevo vedermela davanti, prima di dirle «mi hai tenuto sulle spine un mese, cretina». Gabriella ha cominciato a raccontarmi la trama dell'ultimo film che aveva visto, «parla, parla pure», ho pensato, «mi hai fatto patire un mese e poi c'hai il dentino spaiato, cretina», era una storia assurda di gangster giapponesi e puttane incinte, «cara mia, il film te lo vai a vedere da sola!»

Vuol sapere come è andata? Gabriella il film se lo è visto da sola davvero, perché all'ultimo momento davanti al bigliettaio del cinema Embassy di Treviso le ho detto:

– Gabriella, la pregherei di entrare senza di me perché

85

so già che, se lo vedo, questo film mi deluderà, non mi piacerà come se me lo raccontasse lei di persona. Mi sono divertito troppo con la storia della puttana incinta e dei gangster giapponesi. Me l'ha insegnato lei che non bisogna aver paura di chiedere. Le dispiacerebbe se la aspetto fuori e poi lei mi racconta il film?

Sono rimasto esterrefatto mentre parlavo cosí, mi stavo facendo un colpo di scena da solo. Ho lasciato di stucco me e il bigliettaio. Gabriella non ha fatto una piega, non c'è mica stato bisogno di stare tanto a spiegare, mi ha sorriso e ha pagato il suo biglietto facendomi ciao con la mano.

Lo sa quanti film abbiamo visto cosí? Gabriella entrava alla proiezione del pomeriggio e io la aspettavo fuori, nei bar, fumavo una sigaretta carica di piacere, in attesa aromatica, facevo il conto alla rovescia sul minutaggio del film. La mia dolce Gabriella arrivava, si sedeva al tavolo e mi raccontava la trama per filo e per segno, e io immaginavo ogni volta il film piú bello del mondo dentro la sua voce.

È cosí che mi sono innamorato di Gabriella: mica vagamente, non è mica stato un innamoramento indistinto, cascato fra capo e collo senza sapere come. Lo potrei descrivere con una formula matematica tanto è stato motivato: è stato un innamoramento per accumulo di immagini. Gabriella depositava parole dentro di me, ma non erano mica parole da sentire: erano parole da vedere, parole scintille, erano visioni che sfrigolavano appena mi toccavano dentro l'orecchio, martello incudine staffa, tícchete tàcchete clic clic, un'orologeria visionaria: ero o non ero un poeta, Scarpa? Ero o non ero uno sbrodolone?

Le piú tremende stronzate del cinema hollywoodiano erano uno spasso raccontate da lei: è stato un inverno meraviglioso per me, io vivevo in funzione di quei sabati pomeriggio, quando Gabriella mi passava a prendere in macchina e correvamo a Treviso, a Mestre, a Conegliano, in un cinema qualsiasi, e poi di corsa in pizzeria a farmi raccon-

tare il film. Com'era bello lasciare raffreddare le capriccio-
se sul piatto tenendo gli occhi fissi sulle sue labbra! La pun-
teggiatura di Gabriella era fatta tutta di punti esclamativi,
le virgole erano il suo dentino storto affondato nelle labbra.

Come mi sentivo nuovo!

Era tutto un altro mondo, un altro modo di vedere le cose. Ho cominciato a telefonarle due, tre volte alla settimana, tutti i giorni, quattro volte al giorno. Telefonavo dalla
banca, la chiamavo in ufficio:

– Raccontami qualcosa, dài.

E lei, senza esitare un attimo:

– Dovevo andare a consegnare il piano ferie all'ufficio
personale, ma invece di scendere ho premuto il tasto dell'ultimo piano, per sbaglio. Non mi sono mica resa conto, ho
bussato e mi ha aperto questa vecchia. Ho chiesto scusa e
stavo andando via, ma lei mi ha domandato come si chiamava Pigafetta. E io le ho detto, «prego?» E lei, «Pigafetta, – mi fa, – il nome di Pigafetta, sette lettere». Questa vecchia ci abita, in soffitta, non sono riusciti a buttarla fuori quando hanno riadattato il condominio per fare gli
uffici. La vedessi, sta in un sottotetto pieno di fiori, in
mezzo ai catini di terra, dà da bere alle piante. Le ho fatto i complimenti per i fiori e lei mi ha guardato da sotto in
su e mi ha detto che li concima personalmente, e ha ripetuto «personalmente», calcando la voce, si è messa a ridere. «Perché ride?» le ho chiesto, e lei ha attaccato con la
storia dei contadini: una volta passavano col carretto, quando lei era bambina, in autunno. Battevano la campagna a
tirare su anche quella, «con rispetto parlando, – ha detto,
– concime umano per i campi». Barattavano una pannoc-
chia per ogni stronzo, «d'altra parte hanno la stessa forma, no?», si è messa a ridere di nuovo. Sua madre quando sentiva arrivare il contadino col carretto mandava lei e
le sue sorelle a farla dietro la baracca, di corsa. Al contadino gli davano tre stronzetti distesi per bene in una cas-

setta, perché sua madre voleva che le sue bambine fossero dignitose, sempre, anche quando si trattava di presentare la propria cacchina a un estraneo. «Sapesse quanto mi sono vergognata io da piccola!», mi ha detto. Il contadino la guardava negli occhi puntando il dito sullo stronzo piú grosso e le diceva «questa dev'essere tua, ci scommetto», gli uomini non perdono occasione per mettere in imbarazzo le donne. Se lei e le sue sorelle non la facevano subito, quando arrivava il contadino, poi non mangiavano, le lasciavano senza cena. Sua madre le aveva abituate a correre dietro la baracca e farla a comando. Ancora adesso le basta pensare a sua madre per sentire subito il bisogno, può andare in cesso a comando, «basta che pensi a mia madre e mi viene da correre subito in bagno». Ma questo è niente: a un certo punto questa vecchia mi ha preso per un braccio e mi ha detto che me la faceva vedere. Ha aperto una porta, ha tirato su una tapparella, «mamma! – ha chiamato, – mamma! è ora di pranzo!» Al centro della stanza c'era un giaciglio, un materasso imbrattato di sterco, piume, ciuffi sparpagliati. La vecchia ha portato dentro la stanza una gabbia con quattro topolini e l'ha appoggiata sul materasso: una famiglia di topolini grigi, molto graziosi. Correvano uno sopra l'altro, si arrampicavano con le unghie sulle sbarrette di filo di ferro. La vecchia si è girata verso un angolo della soffitta, «sveglia, mamma! sveglia!», ha gridato, e io mi sono accorta che nella stanza c'era un gufo! Il gufo ha fatto un salto all'indietro aprendo le ali e ha spalancato gli occhi. La vecchia lo ha preso con tutte e due le mani sulle ali, lo ha sollevato come una gallina e lo ha piazzato sul materasso. Poi ha aperto per un attimo lo sportello della gabbia. Una pallottola di pelo grigio con la coda lunga è schizzata rasoterra fuori dalla gabbia. Nella stanza non c'erano angoli dove nascondersi. Il topo mi è corso incontro, è salito sulla mia scarpa. Ho dato una pedata in aria, l'ho mandato a sbattere contro la parete. Il gufo ha zampettato vicino al topo tramortito. Gli altri topi dentro la gabbia gridavano arrampicandosi uno sopra l'altro, si aggrovigliano. Il gufo ha abbassato la testa, ha chiuso gli artigli sul topo, gli ha bucato la pancia. Il topo si è risvegliato e ha fatto uno strillo. Il gufo lo ha beccato su un occhio, «è buono, mammina? – gli ha chiesto la vecchia, – ti piace?»

Si rende conto, Scarpa? La mia Gabriella era capace di trasformare in un'avventura la consegna di un modulo di richiesta di ferie!

Ogni volta che metteva il naso fuori casa sembrava che il mondo le facesse un inchino, le dicesse «prego» e le spalancasse una porta su un salone fatato mai visto prima. Gabriella sapeva stanare una nicchia di stupore dentro una soffitta in cima a un'insulsa palazzina di uffici! Io non so, era come se il mondo andasse a ruba ai suoi occhi: lo saccheggiava, faceva man bassa della vita. Bastava lasciarla sola cinque minuti e lei viveva un'incredibile peripezia dentro una bottega di vernici, andava a prendere le sigarette e tornava con una conversazione strabiliante avuta col tabaccaio, a profusione, ogni giorno, a rotta di collo.

Io rimanevo senza fiato e pensavo che se lo meritava perché lei le cose sapeva andarsele a cercare, me lo aveva dimostrato fin dall'inizio.

Sí ma cosa le davo, io?

Io che per tutto l'inverno ero stato capace di portarla al cinema il sabato pomeriggio, per rimanere a bocca aperta ad ascoltarla, senza mai dire niente. Perché tutto quello che avevo da dire di importante era lei: alla mia Gabriella avrei potuto raccontare solo come l'ascoltavo. «Adesso ti racconto come ti pendo dalle labbra», s'immagina? Non creda che fosse una chiacchierona, un'incontinente da imbavagliare con il pannolone. Lei non parlava a sproposito, sapeva star zitta, e poi mi chiedeva sempre:

– E tu?

Quello era il punto dolente, perché se fosse stato per me avrei risposto: «e io, e io ti ascolto, Gabri». Ma non potevo mica stare lí davanti mezz'ora, a bocca aperta, a guardarla come un aborigeno davanti al primo aeroplano, per poi raccontarle che ero rimasto davanti a lei a bocca aperta a guardarla come un aborigeno davanti al primo aeroplano.

S'immagina? Gabriella mi racconta la storia della figlia del gufo e poi mi dice: «E tu?» E io tutto appassionato le rispondo: «E io, a me oggi è successa una cosa bellissima, è successo che tu mi hai appena raccontato la storia della figlia del gufo e io sono rimasto ad ascoltarti a bocca aperta, adesso ti racconto per filo e per segno come ti ho ascoltato mentre tu mi raccontavi questa storia».

Il momento dell'«E tu?», era il piú doloroso per me, una fitta totale. Gabriella mi diceva «E tu?» senza la minima intenzione di sfidarmi a fare meglio, non era una che sfoggiava le sue avventure per mortificare il suo uditorio. Era sincera quando si interessava a me.

Io prendevo fiato e tartagliavo che Schiavòn aveva avuto una discussione con un cliente, che il collegamento con la sede centrale si era interrotto e avevamo avuto i terminali bloccati per un'ora e mezza, che l'edicolante mi aveva aggiornato sul raffreddore di sua moglie. Sprofondavo in tutta la mia miseria: quanto mi sentivo infelice! Mi franava la terra sotto i piedi. Vedevo la mia Gabriella che mi stava ad ascoltare col suo sorriso sereno, ma dentro di me sentivo che non valevo niente. Cadevo nel baratro. Allora cercavo di risollevarmi con una codata, ero un pilota acrobatico che precipitava, però all'ultimo momento risalivo su e facevo il giro della morte aggrappandomi alla prima cosa che mi passava per la testa. Incominciavo una frase a caso senza sapere nemmeno io cosa avrei detto, mettevo in fila le parole senza avere la minima idea di dove sarebbero andate a parare. I dadi erano gettati e io non potevo tornare indietro, piú che parlare leggevo che numero era uscito. Le dicevo:

– Guarda il cappotto di quella signora com'è rigido. Sembra una campana. Ci cammina dentro come un batacchio. Piú che camminare, penzola, rimbalza da un lato all'altro del cappotto. Bisognerebbe mettere un amplificatore per sentire i rintocchi dei cappotti per la strada, la gente farebbe din don per tutto l'inverno –. *Fíuuu*: anche questa è andata bene, che fatica! Che tensione! Ero un povero derelitto, improvvisavo dei commenti, lo vede? Dei miseri commenti inventati lí per lí, per impressionare la mia Gabriella che mi stava a sentire nonostante tutto.

Non avevo ancora abbastanza coraggio per farle il discorso piú importante, l'unica cosa che andava detta. E se avessi perso tutto? No, non me la sentivo di dirglielo. E se lei mi avesse riso in faccia?

«In fin dei conti esce sempre volentieri con te, – mi dicevo, – non ti ha mai detto di no neanche una volta». C'era mai stato un sabato che mi avesse detto: «scusa Marcello ma ho voglia di andare con una mia amica a buttare via i soldi nei negozi»? C'era mai stata una volta che mi avesse detto: «scusa Marcello ma non mi sento molto bene, niente di grave, solo un po' di mal di testa ma preferirei tornare a casa un po' prima stasera», se n'era mai uscita con una scusa del genere? C'era mai stata una volta che avesse detto: «scusa Marcello ma adesso ho da fare, devo mettere giú, richiama piú tardi, anzi è meglio domani che ti racconto tutto», mi aveva mai trattato cosí? No, mai, eppure l'inverno era passato, se ne stava andando anche la primavera e io mi barcamenavo senza saper fare di meglio che invitarla al cinema una volta alla settimana.

Mi ricordo perfettamente quel pomeriggio di aprile, per la prima volta non era un miserabile sabato ma uno strepitoso mercoledí. Mi sentivo in forma, avrei potuto fracassare la cassaforte della filiale, altro che chiusura automatica a tempo antirapina. Ho preso l'autobus, avrei potuto sfondare con una ginocchiata i vetri delle portiere, dall'energia che avevo in corpo.

Era la prima e l'ultima volta che andavo a prendere Gabriella in autobus, «la prossima volta le suono il clacson da una Ferrari coupée decappottabile anche a venti gradi sottozero, sí, datemi tempo di prendere la patente e diventare miliardario che vengo a prenderla in Ferrari, cazzo!»

Sono andato ad aspettarla fuori dalla palazzina del suo ufficio, sotto l'insegna F.lli Franzolin, sprizzavo cosí tanta voglia di vivere che mi sarebbe bastato un saltino e avrei potuto spaccare anche quella, a tre metri d'altezza, con un bel colpo di testa, che ci vuole?

Lei è uscita da sola dopo mezz'ora e si è attaccata tutta allegra alla manica della mia giacca. Ci siamo avviati verso la sua macchina:

– Che bella sorpresa, Marcello, dove mi porti a mangiare? – mi ha domandato ingranando la marcia.

Che contento che ero, che fierezza! Sentivo di avere avuto una bella pensata, finalmente avevo preso alla sprovvista Gabriella, le avevo dimostrato che ero capace di rompere gli schemi e organizzarle una sconvolgente improvvisata: la stavo portando fuori a cena un mercoledí sera! Mi crogiolavo sul sedile della macchina, mi congratulavo con me stesso. Noti bene che intanto Gabriella, poveretta, teneva saldamente il volante e scrutava a destra e a sinistra per non lasciarsi sfuggire le insegne dei ristoranti. Che derelitto che ero!

Le candele sul tavolo del ristorante riflettevano la luce dei suoi occhi. Gabriella mangiava di gusto. Mi metteva a mio agio vederla cosí, riuscivo a mandare giú tutto anch'io. Mi ero immaginato che sarei rimasto a deglutire saliva tutta la sera, senza toccare il piatto, e invece è stata proprio una delizia, una cena perfetta. Non mi sentivo teso, andava tutto liscio. C'erano problemi, eh? Nessun problema.

Vino spiritoso, bistecca sanguinante, insalata croccante. Mancava soltanto il dolce, e sul dolce un po' di panna, e sulla panna una ciliegina, il discorso che rimuginavo in cuor mio da due ore.

– Hai avuto proprio una bella idea, – ha detto lei, e sembrava che i suoi occhi mi dicessero «adesso portala fino in fondo, la tua idea, forza Marcello».

C'ero arrivato, stavamo ordinando il dolce e in bocca mi era venuta l'acquolina, all'idea di cosa stavo per dire a Gabriella.

– Marcello, – mi ha detto lei, – è da un po' che ti voglio parlare, – e io la volevo interrompere perché non era giusto che guidasse sempre lei. Almeno una volta volevo mettere io il piede nelle sabbie mobili e rischiare per primo, questa volta toccava a me.

Ma Gabriella non mi guardava, teneva gli occhi bassi: – Marcello, sembra che tu mi abbia letto nel pensiero a venire di nascosto, stasera. Penso che non ci potremo piú vedere di sabato, finora ho tenuto duro ma non sarà piú possibile.

Lo sapeva, Scarpa, che esistono uomini con il collo peloso, i baffi neri, i ricci scuri? Le guance sono grigie come un copertone, hanno un tappeto di puntini sotto la pelle, grattano anche appena finita la rasatura. Non c'è lametta che li possa domare.

– L'ho conosciuto un sabato sera, si chiama Rodolfo, – mi ha detto Gabriella.

– E com'è possibile, se sei sempre uscita con me? – ho domandato con tutta la buona educazione che avevo dentro di me, e noti bene, a questo punto della conversazione io stavo ancora sorridendo.

– Perché tu non lo sai, Marcello, ma quando ti porto a casa il sabato, io poi non vado mica a dormire. Per me la notte è appena cominciata.

Quei due stavano insieme da un mese e Rodolfo voleva

averla sempre e dappertutto, la mia Gabriella, non le lasciava piú un angolo libero.

– Puoi immaginarti quanto è geloso di te, Marcello, sapessi quanto gli ho parlato di te, gliene parlo in continuazione, – mi ha detto.

Quell'uomo era geloso anche dell'aria che respirava la mia Gabriella. Non riusciva a sopportare l'idea che Gabriella avesse avuto una vita prima di conoscere lui. Era geloso del suo passato, di tutto il tempo in cui lui non c'era ancora. Un giorno si è fatto portare le fotografie della mia Gabriella neonata, col culetto per aria che sgambettava nella culla, e ha voluto che lei gli facesse una sega per venirci sopra. Ha sparso tutti gli schizzi che aveva in corpo sulle foto della prima elementare, della prima comunione, delle gite di classe. Era geloso della ditta F.lli Franzolin e di tutto l'ufficio: e non soltanto dei colleghi di Gabriella, ma anche delle stanze, delle scrivanie. Quell'uomo ha insistito finché lei lo ha portato a fare l'amore di notte, in ufficio, alla ditta F.lli Franzolin, per le scale, sopra la scrivania dove lavorava la mia Gabriella. Le ha infilato una quantità di matite su per il culo, le piantato una graffetta sulla pelle con la cucitrice e un'altra su un'unghia. Perché si può essere gelosi anche delle matite e delle graffette.

– Poi siamo andati in cima alla palazzina, nell'appartamento all'ultimo piano, – cosí mi ha raccontato Gabriella.

E vuole sapere che cosa le ho detto, Scarpa? Vuole saperlo? Ero ancora pacifico, non sorridevo piú, il fiato mi stava abbandonando, ma ero pacifico:

– Oh, Gabriella, non dirmi questo, all'ultimo piano no. Era mia la storia della figlia del gufo, la vecchia che vive in soffitta sopra la tua testa, l'avevi raccontata a me.

Ma questo Rodolfo non sopportava che ci fosse un cantuccio della vita di Gabriella dove lui non aveva infilato il suo nasone, perciò è stato capace di stenderla sul materasso sventrato, in mezzo allo sterco e ai peli di topo morto.

Ha fatto l'amore con la mia Gabriella davanti a una povera vecchia malata di mente. Il gufo borbottava qualcosa dal becco. La vecchia è caduta in un angolo e si è messa a piagnucolare. Rodolfo ha tolto i vestiti anche a lei, l'ha presa in braccio e l'ha stesa sul materasso. La mia Gabriella le accarezzava la testa mentre Rodolfo abusava della vecchia.

Lei mi perdonerà se uso a ragion veduta la parola *inculare*: Rodolfo ha inculato la vecchia in tutto il corpo tenendo abbracciata la mia Gabriella. Anche il gufo voleva acchiappare.

– Devi saperle queste cose, – mi ha detto Gabriella con gli occhi bassi. – Rodolfo ricominciava con me e poi riattaccava con lei, e intanto io la consolavo, la leccavo dove Rodolfo le aveva fatto male. Sí, anche in mezzo alle gambe. Io lo sapevo che stavo facendo qualcosa di brutto, ma in vita mia non ho mai provato cosí tanta emozione. Devi saperle queste cose se mi vuoi conoscere e vuoi volermi bene –. Questo mi ha detto Gabriella fissando il vino rosso. Ha toccato il bicchiere e ha fatto dondolare il vino senza guardarmi.

Ero calmo, calmissimo, succedeva di tutto al mondo, perché non avrebbe dovuto succedere anche a Gabriella? Chi ero io per dire «alt, non vale, succeda pure il finimondo purché non venga presa in mezzo la mia Gabri!»

Andava tutto bene, era giusto cosí, anzi, mi sentivo un pochino in colpa per averle fatto passare una serata clandestina. Avevo paura che spuntasse Rodolfo all'improvviso, sentivo un magone in gola: e se Rodolfo fosse saltato fuori da un momento all'altro e me l'avesse fatta pagare?

Mi è venuto spontaneo chiederle scusa: – Sicura che questa sera non ti ho messa in imbarazzo? Non ero mai venuto a prenderti, per di piú senza preavviso! Non si fa cosí, avrei dovuto almeno telefonare. Chissà cosa mi succedeva se mi beccava questo Rodolfo! – Ridacchiavo, quasi, col mio mezzo sorriso da deficiente.

Gabriella ha accarezzato il suo bicchiere: – Mi spaventi

se la prendi cosí. Pensavo che ti saresti arrabbiato già quando ti ho detto che di sabato ti porto a casa e poi me ne vado in giro di notte. Non sono cosí insensibile, non ti avrei raccontato certi particolari. È che ho visto che non reagivi e un po' mi sono irritata. Ma poi non è proprio cosí. Certe cose te le ho dette perché voglio che tu sappia tutto. Perché sei tu che sei importante. Rodolfo è solo un imbecille che non sa niente. Chi sono io lo posso venire a dire solo a te, a nessun altro.

Ho afferrato il bicchiere di Gabriella e ho buttato giú d'un fiato il suo vino.

Mi sono alzato, ho appoggiato per terra il bicchiere e l'ho polverizzato sotto i tacchi. Ho preso di peso anche il tavolo e l'ho rovesciato a terra.

Sono arrivati di corsa tre camerieri.

– Io sono un uomo mite! – ho gridato, – lasciatemi soltanto finire di fare a pezzi questo tavolo, vi prego. Lo butto addosso alla vetrina e non do piú fastidio a nessuno, passa subito.

Mi hanno buttato fuori dal ristorante a strattoni, scaraventandomi in piazza.

– Sono mite! – gridavo in mezzo a Piazza dei Signori. – Mettete in conto anche la vetrina, sono una persona mite!

Nel laboratorio di Lady Frankenstein

Nel laboratorio di Lady Frankenstein, la Creatura è distesa sulla schiena, sopra un tavolo operatorio.

Ogni tanto, la Creatura si alza per raggiungere una pompa di bicicletta. Si tratta di un cilindro verticale che poggia su piedini di metallo, con il manico dello stantuffo manovrabile a due mani, flettendo tutte e due le braccia contemporaneamente. La pompa, che si trova a qualche metro di distanza, è collegata al corpo della Creatura mediante un tubicino molto lungo, che si innesta nel fondoschiena, sui pantaloni, all'altezza dello sfintere. La Creatura dà qualche colpo alla pompa, stantuffando con vigore. È impassibile, come se stesse facendo la cosa piú naturale del mondo.

Entra Lady Frankenstein. Ha un lungo vestito rosso, scollato sul seno, e con uno spacco vertiginoso sul fianco. Tiene le braccia aperte ai due lati del corpo, sollevate all'altezza delle spalle. Dalle mani sgocciolano colature sanguinolente. Ha le palme girate verso l'alto. Su ciascuna mano tiene un cuore, molto voluminoso, piuttosto pesante.

Lady Frankenstein ha una voce squillante, trionfale, un impeto sicuro di sé.

LADY FRANKENSTEIN   Ecco qua, tesoro!, quale preferisci?
LA CREATURA   Come faccio a scegliere?
LADY FRANKENSTEIN   È facilissimo! Questo è un cuore sentimentale, questo è un cuore cinico.

LA CREATURA   E che cos'è un cuore?

LADY FRANKENSTEIN   Come «che cos'è un cuore»! Il cuore è la cosa piú importante! Il cuore è il centro del mondo!

LA CREATURA   E che cos'è il mondo?

LADY FRANKENSTEIN   Ah, andiamo bene... Il mondo è tutto! È un posto dove si muovono rapide le petroliere e le falene... Dove crollano senza sosta le cascate di acqua dolce, a precipizio... Dove pullulano le palpebre e le zampette, e i turbini finanziari si scatenano come monsoni devastando plaghe sconfinate... È un posto dove in questo momento, in Messico, un treno sta entrando in orario nella stazione di Tampico, è un posto dove puoi mangiarti un tramezzino al tonno, oppure mandare a morte settecento eresiarchi, e ammalarti di scorbuto, e fare bella figura al compleanno di tua cugina regalandole una macchina fotografica da polso... Il mondo è un posto dove puoi venire massacrato da un cacciatore di frodo, per sbaglio, mentre stavi pensando di iscrivere tuo figlio a un corso di nuoto... oppure ti svegli dopo una pennichella su una veranda, alle tre e venti del pomeriggio, e per qualche attimo fissi il mare, senza riuscire a ricordarti chi sei... Poi però ti riscuoti, e te lo ricordi subito!

LA CREATURA   Adesso mi è molto piú chiaro...

LADY FRANKENSTEIN   Oh, insomma! Il mondo è il mondo! Ma non sarebbe quello che è se non avesse un cuore. Al centro del mondo, sotto un'immensa quantità di croste, involucri, tegumenti coriacei e borse della spesa in polietilene, c'è sempre un cuore che pulsa...

LA CREATURA   E a cosa serve?

LADY FRANKENSTEIN   A diffondere il succo della vita. A inzupparci di noi stessi. A fornire carburante ai gesti. Ad agevolare l'espletamento delle strategie di marketing presso le succursali periferiche... (*rotea la punta di un piede*).

LA CREATURA   Benissimo. Lo voglio subito.

LADY FRANKENSTEIN   Però...

98

LA CREATURA   C'è un però?

LADY FRANKENSTEIN   Però devi scegliere... Cuore cinico o cuore sentimentale?

LA CREATURA   C'è differenza?

LADY FRANKENSTEIN   Certo! Vuoi amare o essere amato?

LA CREATURA   Come sarebbe?

LADY FRANKENSTEIN   Con un cuore cinico sarai amato... Con un cuore sentimentale amerai! (*Mentre li nomina, li solleva uno per volta e li poggia in un catino, sulla sommità di un alto sgabello, accanto alla Creatura*) Che cosa scegli?

La Creatura non risponde. Si alza ancora una volta per raggiungere la sua pompa, si rannicchia a stantuffarla, quasi volesse proteggerla.

LADY FRANKENSTEIN   Dài, non vorrai mica andare avanti tutta la vita con la pompa di una bici!

LA CREATURA   E perché no? È pratica, facile da trasportare, non arrugginisce...

LADY FRANKENSTEIN   Ma non è decorosa! Come fai a infilarti scoregge su per il culo dalla mattina alla sera!?

LA CREATURA   Mi hai progettato tu cosí! Ormai mi ci sono affezionato.

LADY FRANKENSTEIN   Era una soluzione provvisoria, in attesa di trovare un cuore adatto a te. E, pensa quanto ti voglio bene, te ne ho trovati due! Uno sdolcinato, sensibile, coccolone... L'altro arido, impassibile, spavaldo! Come ti piaci di piú? Eh, come ti vorresti? Come ti vuoi?

LA CREATURA   Tu come mi vuoi? Che cosa vuoi da me?

LADY FRANKENSTEIN   Mah... non lo so... Facciamo una prova!

Il laboratorio è invaso da una musica infernale, un brano di rock heavy metal a volume molto alto. Lady Frankenstein si siede a cavalcioni sulla Creatura. Prende un coltellaccio dallo sgabello, lo manovra con enfasi sul torace, poi prende uno dei due cuori e lo inserisce nella Creatura. Infine impugna un paio di forbici enormi, con le quali taglia due segmenti da un rotolo di nastro adesivo rosso assai largo, e li applica a X sulla camicia della Creatura, all'altezza del cuore.

La musica si interrompe.

La Creatura si alza alla fine dell'operazione. Porta le mani al petto. Ha un'espressione sbalordita.

Lady Frankenstein si avvicina al sedere della Creatura per staccargli il tubicino della pompa, ma lui si discosta di scatto, glielo impedisce, terrorizzato. Si avvicina alla pompa da bicicletta, dà qualche colpetto, ma questa volta riceve come dei contraccolpi, dei calci al sedere che a ogni pompata gli fanno balzare in avanti di una spanna il bacino. Allora, con estrema cautela, come se stesse rischiando la vita, la Creatura si stacca il tubicino della pompa dal sedere, lo contempla per qualche secondo, poi lo lascia cadere a terra. Si mette una mano al petto. Dà qualche stantuffata alla pompa e osserva perplesso l'aria che esce soffiando dal tubicino vuoto, lo raccatta, con l'altra mano stantuffa, guarda da vicino l'aria uscire, lo lascia cadere di nuovo, si rimette la mano al petto...

LA CREATURA   Che strano! Che strano! Tu non hai idea!
LADY FRANKENSTEIN   Come no? Vuoi che non lo sappia?
LA CREATURA   È incredibile!
LADY FRANKENSTEIN   Come ci si sente? Bello, eh?

LA CREATURA (*sempre con le mani al petto, cerca vanamente di piegare la testa in modo da poggiare l'orecchio sinistro sul proprio petto, avvicinando comunque il piú possibile l'orecchio al torace, poi mette sull'orecchio una mano aper-*

ta a padiglione auricolare, nel gesto di chi vuole amplifica- re e dirigere l'udito, e poi addirittura tutte le due mani sull'orecchio diretto verso il cuore, a forma di cornetto acu- stico, e poi di nuovo con le mani sul petto...) Sembra di avere una discoteca dentro... Una batteria, una sezione ritmica! *(Comincia a ballare da solo)* Che cosa mi hai mes- so dentro?

LADY FRANKENSTEIN   Un cuore!

LA CREATURA   Sí, ma quale? Quello cinico o quello senti- mentale?

LADY FRANKENSTEIN   Ehm... *(si volta a guardare il cuore ri- masto nel catino).*

LA CREATURA   Allora? Hai paura di dirmelo? Su! Tanto, ormai...

LADY FRANKENSTEIN   *(dopo aver esitato ancora)*   Non me lo ricordo! Ho fatto confusione, li ho appoggiati lí e... Pa- zienza! Ciò che conta per ora è che tu ti senta bene con il cuore che hai! Come ti senti, eh? Come ti senti? A te che cuore ti sembra di avere?

LA CREATURA   E che ne so?

LADY FRANKENSTEIN   Bisognerebbe... Sono la solita pa- sticciona! Cerchiamo di... Avevo quello sentimentale a destra ... no, era nella mano sinistra, o... Poi li ho mes- si qui, mi sono voltata e... uffa! Non mi ricordo piú!

LA CREATURA   Ma è importante scoprirlo?

LADY FRANKENSTEIN   Importantissimo! Ne va della tua vita!

LA CREATURA   E come si fa?

LADY FRANKENSTEIN   Lo si capisce...

LA CREATURA   In che modo?

LADY FRANKENSTEIN   ... da come ti comporti! Vediamo, guardami qua *(si mette con le mani ai fianchi, le gambe divaricate, una gamba che esce dallo spacco)* io ti piaccio?

LA CREATURA   Abbastanza...

LADY FRANKENSTEIN   Non sono un gran pezzo di gnocca?

LA CREATURA   Eh?!?

LADY FRANKENSTEIN   Non mi faresti la festa seduta stante?

LA CREATURA   Ma come parli!?

LADY FRANKENSTEIN   Ti ho fatto una domanda. Non ti faccio venire l'acquolina in bocca, io?

LA CREATURA   Tu mi fai... mi fai impressione! (*Quasi piagnucoloso*) Saresti anche attraente ma... non mi piace che me lo chiedi cosí!

LADY FRANKENSTEIN   Ecco, lo sapevo! Ti ho impiantato il cuore sentimentale. Che stupida!

LA CREATURA (*costernato*)   Be'?, cosa c'è che non va?

LADY FRANKENSTEIN   C'è che sono rovinata! Tutto inutile, capisci? Sei un catorcio inutilizzabile...

LA CREATURA (*piagnucoloso*)   Ma io ti voglio bene...

LADY FRANKENSTEIN   Sííí, lo conosco il bene di quelli come te! Te lo posso descrivere, guarda... Da oggi in poi ci godremo come minimo dodici passeggiate sul lungomare, al tramonto, leccheremo un gelato alla vaniglia, ascolteremo i graziosi richiami dei soavi uccellini che si trombano all'impazzata sui rami, faremo finta di non vedere i netturbini che spazzano mucchi di preservativi usati da sotto le panchine... E alla tredicesima passeggiata...

LA CREATURA (*timidamente*)   Ti farò la festa?

LADY FRANKENSTEIN   Mi chiederai se preferisco un gelato alla fragola!

LA CREATURA   Che bello...

LADY FRANKENSTEIN   Che idiota!

LA CREATURA   Che cos'ho fatto di male, perché mi tratti cosí?

LADY FRANKENSTEIN   Mi fai rabbia! Se tu avessi scelto che cuore volevi, tutto questo sarebbe colpa tua! Invece hai lasciato fare a me...

LA CREATURA   Ma non sapevo a cosa andavo incontro... Non si può rimediare?

LADY FRANKENSTEIN   È troppo pericoloso.

LADY FRANKENSTEIN   Mettimi l'altro cuore, dài...

LADY FRANKENSTEIN   Sicuro? Guarda che rischi di restarci secco... E poi non potrai piú cambiarlo, questa volta... Non ce ne sono piú! Allora? Che faccio?

LA CREATURA (*tace preoccupato, esitante, infine risoluto*)   Se può servire a renderti felice, sono pronto a diventare egoista, manesco e tifoso di calcio per amor tuo.

LADY FRANKENSTEIN   Come sei buono!

LA CREATURA   Avanti, cambiami cuore.

LADY FRANKENSTEIN   Sei veramente in gamba.

LA CREATURA (*severo*)   Cambiami cuore, ho detto!

LADY FRANKENSTEIN   Un attimo, un attimo! Volevo solo farti una carezza!

LA CREATURA (*assai brusco*)   Obbedisci quando ti parlo!

LADY FRANKENSTEIN   Ma...!

LA CREATURA (*infuriandosi sempre di piú*)   Imbecille! Mentecatta! Non sai combinare un cazzo, non sai!

LADY FRANKENSTEIN   Ma allora...

LA CREATURA   Allora cosa? Datti da fare, muoviti!

LADY FRANKENSTEIN   Sei sicuro?

LA CREATURA   Se non mi cambi cuore ti riempio di lividi quella faccia da saponetta!

LADY FRANKENSTEIN (*piú sorpresa che impaurita, quasi ammirata*)   Vedi come siete, voi sentimentali... Vi accendete con improvvise fiamme di passione... avete il fuoco dentro... avvampate! Hai proprio intenzione di cambiare? Quasi quasi...

LA CREATURA   Quasi quasi questa minchia! Forza! Trapianto!

LADY FRANKENSTEIN   Va bene, va bene...!

Si ripete l'operazione precedente, in un tempo piú accelerato. Sale la musica, la Creatura si stende sulla tavola, Lady Frankenstein si mette a cavalcioni su di lui, toglie la X di nastro adesivo, inserisce il secondo cuore, taglia dell'altro nastro adesivo rosso dal rotolo, applica una nuova X sulla camicia della Creatura, la musica tace.

LADY FRANKENSTEIN   Come va?

LA CREATURA   Come deve andare?

LADY FRANKENSTEIN   Non lo so... Lo chiedevo per gentilezza... Come ti senti?

LA CREATURA   Come vuoi che mi senta? Tu hai fatto bene il tuo lavoro?

LADY FRANKENSTEIN   Mi pare di sí, ma non si può mai sapere.

LA CREATURA   Se non lo sai tu!

LADY FRANKENSTEIN   Ma sono cose ben diverse, sentirsi da dentro o constatare da fuori... è tutta un'altra cosa... Comunque, a giudicare da come ti comporti, mi sembra che vada tutto bene... Vediamo... guardami qua (*si rimette in una posa provocante*).

LA CREATURA   Be'?

LADY FRANKENSTEIN   Come «be'»? Non mi faresti la festa seduta stante?

LA CREATURA   Uff... ancora!

LADY FRANKENSTEIN   Non sono un gran pezzo di gnocca, eh?

LA CREATURA   Ce ne sono mille come te!

LADY FRANKENSTEIN   Ah ecco, volevo ben dire, funziona tutto a meraviglia. Sono stata proprio brava!

LA CREATURA   Cosa credi di aver fatto? Un trapianto di cuore. Non montarti la testa.

LADY FRANKENSTEIN   Come volevasi dimostrare. Perfetto.

LA CREATURA (*sempre piú arrogante*)   Cala la cresta, piccola... E smettila di parlare a vanvera.

LADY FRANKENSTEIN   Sí, parlo troppo, è vero... Basta parlare! (*Si propone nuovamente provocante*) Montami in groppa, fammi tutto quello che vuoi...

LA CREATURA (*la respinge*)   Ma chi ti credi di essere? A cuccia, silenzio! (*Si copre le guance di schiuma, inizia a farsi la barba usando il coltellaccio dell'operazione e il catino).*

LADY FRANKENSTEIN   Va bene, mi metto qui buona buona. Da che parte preferisci? Davanti o dietro? (*Si mette
a quattro zampe*).

LA CREATURA   La vuoi smettere? (*Si è tagliato facendosi la
barba*) Mi distrai!

LADY FRANKENSTEIN   Che cosa fai?

LA CREATURA   Mi preparo, esco!

LADY FRANKENSTEIN   E dove vuoi che andiamo?

LA CREATURA   Ho detto «esco», non «usciamo». Me ne
vado da solo, cretina!

LADY FRANKENSTEIN   E dove? Se non sai neanche che cosa c'è, qua fuori!

LA CREATURA   Come no! C'è il lungomare. Vado a donne!

LADY FRANKENSTEIN   Vai a trombartele sulle panchine?

LA CREATURA   Neanche per sogno! Vado a fare una passeggiata sul lungomare, con una ragazza carina. Le of-
frirò un gelato alla vaniglia.

LADY FRANKENSTEIN   Che bello...

LA CREATURA   Bello, sí. È una cosa meravigliosa.

LADY FRANKENSTEIN   Portami con te!

LA CREATURA   Non ci penso nemmeno! Farò tante passeggiate al tramonto, mano nella mano, con ragazze dol-
cissime e spiritose... Mangeremo gelato alla vaniglia, e
sopra di noi gli uccellini canteranno assatanati, e i netturbini spazzeranno via preservativi usati da sotto le panchine...

LADY FRANKENSTEIN   Come sei romantico...

LA CREATURA   Puoi dirlo forte!

LADY FRANKENSTEIN   Che simpatico, ti ho fatto proprio
bene.

LA CREATURA   Non hai fatto un bel niente.

LADY FRANKENSTEIN   Ingrato! Sei opera mia, tu!

LA CREATURA   E allora?

LADY FRANKENSTEIN   Non sei neanche un po' riconoscente?

LA CREATURA   Ma che cazzo vuoi!

LADY FRANKENSTEIN   Ti ho creato io! Devi volermi bene!

LA CREATURA   Ma cosa vuoi da me? Scema!

LADY FRANKENSTEIN   Basta, sei un mostro!

LA CREATURA (*china la testa per guardarsi da capo a piedi, constatandosi*)   Eh be'…!

LADY FRANKENSTEIN   Stupido…

LA CREATURA   Sai che non sei poi cosí male quando ti incazzi?

LADY FRANKENSTEIN   Ti piaccio?

LA CREATURA   Insomma…

LADY FRANKENSTEIN   Non mi vuoi neanche un po' di bene per averti dato un cuore?

LA CREATURA   Non tanto.

LADY FRANKENSTEIN   «Non tanto» vuol dire «manco per niente» o «un pochino»?

LA CREATURA   Un pochino.

LADY FRANKENSTEIN   Allora dimostramelo.

La creatura le si avvicina per baciarla, cinturandola. Lady Frankenstein lo respinge.

LADY FRANKENSTEIN   Lascia perdere… Non me ne faccio niente dei tuoi baci! Vieni qui. (*Lo porta vicino al tavolo operatorio. Comincia a salire la musica*). Questo è il bisturi… Poi con questo fai la sutura. Attento quando tagli, devi controllare che… (*continua a parlare, ma la musica è molto alta, non si sente piú che cosa gli sta dicendo*).

Lady Frankenstein si stende sulla tavola inclinata. La Creatura le sale a cavalcioni ed esegue l'operazione. Estrae il cuore dal petto di Lady Frankenstein e lo mette nel catino. Alla fine taglia il nastro adesivo e le fa una X sul petto. Lady Frankenstein rimane distesa sulla tavola. La musica scende.

LA CREATURA   Tutto bene?

LADY FRANKENSTEIN (*guarda dritto davanti a sé, verso l'alto, con uno sguardo vitreo, tiene le braccia lungo i fianchi, distesa immobile*)   Tutto bene, grazie.

LA CREATURA   Come ti senti?

LADY FRANKENSTEIN   Mi sento.

LA CREATURA   Sicura?

LADY FRANKENSTEIN   Te la sei cavata egregiamente. Sei stato bravo. Grazie.

LA CREATURA   Non c'è di che. (*Si guarda intorno*) Allora... Se non c'è altro, io me ne andrei...

LADY FRANKENSTEIN   Va bene. Ci vediamo, allora...

LA CREATURA   Ci vediamo, sí. O forse no. Non lo so se ci vediamo...

LADY FRANKENSTEIN   Be'... ciao...

LA CREATURA   Addio!

LADY FRANKENSTEIN   Addio.

La Creatura esce.

Lady Frankenstein si alza dal tavolo operatorio. A sorpresa, ha il tubicino della pompa applicato al sedere. Si avvicina alla pompa e, prima con cautela, poi vigorosamente, comincia a stantuffarla.

Si volta a gettare un ultimo sguardo al suo cuore appoggiato sul catino. Poi prende in mano la pompa, la sposta di qualche passo, si ferma a stantuffare ancora, la infila sottobraccio e scompare.

Al risveglio da un sogno erotico

Al risveglio da un sogno erotico
a) ti vergogni
b) lo racconti al tuo partner
c) lo metti in pratica in giornata

Ho segnato una piccola croce sulla a).

Ho posato la penna, ho alzato gli occhi dalla rivista e mi sono slacciata l'elastico del reggiseno. Tutt'intorno l'aria vibrava. Dalla sabbia saliva un alito rovente. Mi sono accomodata meglio sul telo da spiaggia. Ho strizzato un poco le palpebre per fissare la poltiglia verde del mare fra i barbagli di sole. In cima a un esile trespolo di metallo, sotto una tenda rossa, due bagnini scrutavano l'orizzonte con i binocoli.

Quando fai l'amore
a) immagini di farlo con un altro uomo
b) immagini di farlo con molti altri uomini
c) immagini di farlo con l'uomo che è lì con te in quel momento

Ho messo una croce sulla c).

Sentivo le gocce che scorrevano sulla schiena. Piú che sudare mi sembrava di zampillare, dal caldo che faceva.

Quando ti presentano un uomo
a) lo guardi negli occhi
b) ascolti la sua voce
c) cerchi di indovinare le misure del suo sesso

Ho messo la croce sulla b).

– A mezzanotte, questa notte, il party alla Rotonda! – ha detto l'altoparlante.

Mi sono tolta il reggiseno del costume. Ho coperto i capezzoli con l'avambraccio. Ho chiuso l'altra mano a pugno e ho premuto due piccole conche nella sabbia attraverso il telo da spiaggia, calcando una specie di stampino doppio, a forma di tette. Ho sistemato il seno in quelle due cavità sode. Adesso stavo decisamente piú comoda. Mi è sembrato che uno dei due bagnini avesse puntato il binocolo su di me.

In discoteca
a) aspetti che ti invitino a ballare
b) ti intrufoli nel bagno degli uomini
c) te ne freghi di tutti e ti godi la musica

Ho messo la croce sulla c).

Ho dato un'occhiata all'orologio. Le due e mezza. Mi sono rimessa il reggiseno, l'ho allacciato. Mi sono alzata, ho infilato i piedi nelle ciabattine e sono andata verso il chiosco a bere un altro bicchiere d'acqua minerale.

Il ragazzo del chiosco era calvo, aveva il naso rosso un po' scorticato da un'insolazione. Mi ha versato il bicchiere d'acqua facendomi l'occhiolino.

Ho bevuto il bicchiere. Le bollicine ghiacciate mi pizzicavano la gola. «Chissà se suderai anche le bollicine», ho pensato.

Mi sono allontanata dal chiosco tenendo la testa appena girata, quel tanto che bastava per scrutare con la coda dell'occhio il ragazzo, se mi stava seguendo con lo sguardo.

Sono tornata a sedermi sotto l'ombrellone. Ho ripreso in mano la rivista e la penna.

Tre uomini ti hanno invitata fuori
a) esci solo con quello che ti piace di più
b) esci con tutti e tre consecutivamente
c) esci con tutti e tre insieme la stessa sera

Ho messo la croce sulla a).

«Certo, è la terza volta che vai al chiosco a prendere un bicchiere d'acqua. È chiaro che quello crede che ci stai provando», ho pensato. Avrei dovuto portarmi una borsa termica. Col ghiaccio.

Mi sono slacciata il reggiseno del bikini, piú per stare comoda che per evitare le righe bianche sull'abbronzatura della schiena. Sono rimasta all'ombra. Preferivo restarmene ancora un po' sotto l'ombrellone, a conoscere me stessa.

In un locale due uomini bisbigliano guardandoti

a) pensi che stiano commentando il tuo aspetto fisico
b) pensi che stiano parlando del campionato di calcio
c) pensi che stiano decidendo chi si farà avanti per primo

Ho alzato lo sguardo in alto, verso il trespolo dei bagnini.

Mi sono guardata intorno. Il chiosco delle bibite era un po' troppo lontano, non riuscivo a distinguere la faccia del ragazzo.

Ho messo la croce sulla a).

Ho fatto i conti.

Tre a), una b), due c). Totale sette punti.

DA ZERO A VENTINOVE PUNTI:

Non hai fiducia nel tuo fascino. Il tuo corpo non ti piace. Aspetti sempre che siano gli uomini a prendere l'iniziativa. Preferisci essere corteggiata. Hai timore delle tue fantasie. L'attrazione sessuale ti intimidisce. Vorresti avere desideri più grandi dei tuoi. Non ti perdoni nulla. Tendi a sentirti in colpa. Dai ragione a chiunque dica qualsiasi cosa su di te. Hai la tendenza a farti strapazzare. Ti piace eseguire gli ordini, ti fa sentire più sicura. Prendiamo il responso di questo test, per esempio. Sì, proprio le parole che stai leggendo in questo momento. Non vedi come sei remissiva, con quanta soggezione le leggi? Non dovresti accettare che un giornale che ti ha fatto mezza dozzina di domandine si permetta di rovesciarti addosso una tale quantità di giudizi. Eh che cazzo! Un po' di orgoglio! Animo!

– A mezzanotte, questa notte, il party alla Rotonda! – ha detto l'altoparlante. Poi ha fatto suonare una specie di trillo, come un brevissimo allarme. Ho guardato l'orologio. Le tre precise.

«Non puoi tornare al chiosco un'altra volta, – ho pensato. – Sei proprio una scema, potevi comprarti una bottiglia, no? Se si scaldava, pazienza».

Mi sono rimessa il reggiseno, ho ricominciato a camminare sotto il sole in direzione del chiosco. Questa volta ho ordinato una bottiglia. Si sarebbe scaldata, pazienza. Ma almeno quello sgorbio calvo con il naso spellato non si sarebbe fatto strane idee su di me.

«Perché hai paura che questo poveretto si faccia strane idee su di te? Chi lo conosce? Chi lo rivedrà mai piú? Perché non sai stare a tuo agio con gli altri? Perché stai sempre a pensare all'impressione che fai?»

Il ragazzo del chiosco non mi ha neanche presa in considerazione. Stava chiacchierando in dialetto con un tipo in canottiera e ciabatte, calvo anche lui.

Parlavano di calcio.

– La ragazza sta aspettando da bere, – ha detto una voce alle mie spalle.

Mi sono voltata a guardarlo.

Era un uomo abbronzatissimo, con il costume a pantaloncino e i denti candidi.

Intanto lo sgorbio del chiosco mi ha riconosciuta. Mi ha appoggiato un bicchiere di plastica sotto il naso.

– Questa volta prendo una bottiglia.

– Posso offrirgliela io? – Era stata ancora la voce dell'uomo abbronzatissimo a parlare.

– Perché? È già stato molto gentile, – gli ho detto.

– È sola?

– Che c'entra?

– La guardavo, prima.

– Sono sola, ma aspetto una persona.

– Una persona... Quando le donne dicono «una persona» intendono sempre un uomo.

– Può darsi.

– E finché aspetta posso farle compagnia?

– Ho paura di no. Grazie, comunque.

Camminavo sotto il sole con la bottiglia d'acqua in mano.

«Perché gli hai detto di no? Era gentile e anche bello.
Perché non ti fidi mai di nessuno? Che cosa poteva farti
male? Se chiacchierando vedevi che non ti andava, potevi
sempre dire che era arrivata l'ora del tuo appuntamento,
che dovevi andare, non...»

Mi sono fermata di colpo.

Seduto sotto il mio ombrellone c'era un giovane biondo
con la carnagione liscia. Gli occhi erano azzurri, quasi trasparenti. Quando li ha alzati per guardarmi mi ha abba-
gliata. Ho fatto un gesto d'istinto, cercando un paio di occhiali da sole da mettermi su. Il fatto è che li avevo già su,
gli occhiali scuri.

– Oh, mi scusi, – ha detto il giovane, – mi scusi tanto.

– Non si preoccupi.

– Mi è venuta voglia di dare un'occhiata alla sua rivista...

– Se vuole può tenerla.

– No, per carità, la ringrazio. Me la procuro senz'altro –.
Ha detto queste cose senza accennare ad alzarsi dal mio telo da spiaggia.

– Si interessa di riviste femminili? – gli ho domandato.
Ero in piedi, ai limiti dell'ombra del mio ombrellone, con
la bottiglia d'acqua in mano.

– Mi piace leggere gli oroscopi...

– Ma sono al femminile!

– Leggo l'oroscopo della mia parte femminile.

– Ed è una parte femminile... molto spiccata?

– Oh! – ha riso di cuore. – Non lo so! Di sicuro non come la sua.

– Che ne sa lei della mia parte femminile?

– Be', basta guardarla...

– Ah be', grazie!

– Per la verità, ho sbirciato le risposte del suo test. Mi sono permesso... Un punteggio bassissimo! Una parte femminile estremamente sviluppata.

– Oh... mi... mi sono divertita a dare le risposte piú assurde... – Stavo mordendomi un labbro.

– Non le dispiace se le dico queste cose? Sono invadente, vero?

– Oh no, mi fa... piacere. È che...

– Aspetta una persona? – mi ha domandato.

– Prego?

– È qui con qualcuno? Un'amica?

– Veramente no.

– Le secca se resto un po' qui con lei?

– È che oggi avevo intenzione di starmene da sola.

Due uomini nel giro di cinque minuti. Mi avevano abbordata. A me. Due corpi splendidi, statuari. Due voci calde. Due sguardi saldi, morbidi, acuminati...

Non mi era mai successo in tutta la vita.

«Ma ti sei vista? Li hai cacciati via! Sei stata di uno sbrigativo... Sembravi scocciata!»

Mi sono morsa le labbra.

«Che male c'è a fare due chiacchiere con uno sconosciuto? Qui sei al sicuro, è giorno, c'è un sacco di gente. Che cosa vuoi che ti succeda? Perché sei cosí nervosa?»

Era il momento di fare un bagno. Forse proprio un bagno no. Le tre e venti. Magari una doccia. Sí, una bella doccia rinfrescante.

– Non c'è neanche gusto, è troppo scarsa, – ha detto un ragazzo con i capelli lunghi.

– Come? – gli ho domandato.

– L'acqua. Il getto, – ha precisato il ragazzo. Era alto, il fisico solido spruzzato di goccioline.

Il tubo della doccia veniva su da un tombino di cemento in mezzo alla sabbia, dietro le ultime file di ombrelloni. A due metri da terra, il tubo si divaricava in quattro piccole canne ad arco che spruzzavano una pioggerella intermittente, grama.

– Mi sa che è meglio se la facciamo uno alla volta –. Il ragazzo ha chiuso il rubinetto sotto il suo getto, e poi, senza chiedere il permesso, ha chiuso anche quelli delle altre due docce. Il mio no.

Una signora con la schiuma sui capelli ha protestato.

Il getto sopra la mia testa ha acquistato subito potenza, come quello di una doccia vera.

– Meglio? – mi ha domandato il ragazzo con i capelli lunghi.

– Molto meglio, grazie –. Non gli ho sorriso. Ho chiuso gli occhi sotto lo scroscio di acqua fresca. Quando li ho riaperti, il ragazzo con i capelli lunghi era ancora lí.

– E adesso dove vai ad asciugarti?

– Mah. Al sole.

– E se mi asciugo sotto il sole con te?

– Il sole è di tutti.

«Il sole è di tutti! Gli hai detto che il sole è di tutti! Ma tu devi essere proprio cretina».

Mi sono data un pugno sulla cima del cranio, con le nocche, ho battuto forte una volta, due.

«L'hai trattato malissimo. È il terzo che fai scappare. Il terzo in mezz'ora».

Ero nuda dentro lo spogliatoio dello stabilimento balneare, uno sgabuzzino di un metro quadrato che avevo affittato per quel giorno. Sono salita sulla piccola panca. Cercavo di guardarmi quanto piú corpo possibile nello specchio appeso di fronte all'attaccapanni.

«Di', che cos'hai oggi di tanto speciale? Perché gli uomini piú belli che tu abbia mai incontrato ti vogliono stare vicini? Che profumo hai messo? Che sia l'olio abbronzante? O è l'afrore che ti esce dalla figa senza volerlo? Di sicuro non sono questi foruncolini sulle guance, a far perdere la testa ai maschi!»

Mi guardavo la frangetta sudata, appiccicata sulla fronte. Non mi capacitavo.

«Devi essere in onda su una di quelle trasmissioni con la telecamera nascosta. Magari alle tre è scattato un concorso per modelli. Il bagnino sul trespolo ti sta filmando, ha una telecamera dentro il binocolo... Sono tutti in combutta, anche lo sgorbio al chiosco. Cronometrano quanto tempo reggono i concorrenti... Fanno a gara a chi riesce ad attaccare discorso con te, la ragazza piú burbera dell'intero litorale adriatico, da Trieste a Ostuni... Sei la loro preda... Stasera al party sulla Rotonda proclamano il vincitore, vedrai, sventoleranno davanti a tutti le tue mutande... Mirano a farsi regalare le tue mutande per sventolarle davanti a tutti stasera, con la tua faccia ingigantita sul megaschermo... Regalagli le mutande! Regalagli le mutande, troietta!»

Mi strizzavo le tette fra le unghie, mi sono piantata le dita nella pelle.

L'interno del capannino scottava. Ero ricoperta di sudore. Faticavo a respirare.

«Calma. Va tutto bene. Calmati».

Mi sono passata un asciugamano sul corpo. Ho messo un costume intero, abbastanza accollato da coprire i segni dei miei artigli sul seno.

Sono uscita dallo sgabuzzino, ho chiuso la porta dietro di me.

– Signorina, ha dimenticato questa.

Mi sono voltata.

Un uomo sui trent'anni, molto atletico, mi stava porgendo la chiave dello spogliatoio con un sorriso dolcissimo.

Mi sono messa a urlare.

In cima all'impalcatura, il bagnino mi ha puntato il binocolo addosso.

I due cani sono arrivati di colpo, da dietro un capanno, dev'essere stato il mio urlo a farli accorrere. Mi sono saltati al collo strappandomi la giugulare. Sono morta dissanguata in pochi secondi.

Sul momento nessuno è riuscito ad allontanare i cani dal mio corpo. Sono stata sbranata con furia.

Il giovane che aveva tentato di restituirmi la chiave è tornato vicino al mio cadavere con una sedia tra le mani, ha cominciato a schiantare colpi tremendi sulle due bestie.

Una donna sciancata mormorava che non avrebbero dovuto lasciarla entrare:

– Non dovevano lasciarmi entrare. Non dovevano lasciarmi entrare. Questa spiaggia è o non è vietata ai cani? Gesú Cristo era un uomo peloso. Perché mi hanno lasciata entrare? Gli ho fatto pena? Si commuovono solo perché sono zoppa. Ma la verità è che gli faccio schifo. Gesú Cristo non usava il dopobarba. Vogliono scoparsi le zoppe, tutti quanti. Ma non ci andrebbero mai al cinema insieme. Non si lasciano entrare due cani feroci al guinzaglio di una povera zoppa. Il bagnino guardiano dov'era? Vi denuncio tutti. Gesú Cristo non si radeva sotto le ascelle.

A guardarmi non si direbbe

A guardarmi non si direbbe, ma io ho fatto un volo di cento metri. Mi sono buttato a picco sul torrente andino, e mentre io cadevo, a una spanna dal mio naso cadeva insieme a me la cascata delle Malafurias, ma ero io che scrosciavo roboante. Io precipitavo piú veloce dell'acqua.

Ho gridato a capofitto nell'abisso, con questa affabile pancetta, e i ciuffi di capelli, tutti e due, sparati sulle tempie, aperti come ali, da tutte e due le parti della testa, sí, pelata.

Possiedo il video, per chi lo mette in dubbio.

Si è sentito l'urlo di un maiale scannato, ed ero io. Pesante come l'anima di un porco morto, io sono caduto giú.

Io, giuro, con queste mie guanciotte da commercialista, sono andato a sbattere di faccia contro l'acqua. Un tonfo immane ho fatto nella pozza, dove il torrente era piscina che bolliva. Ho serrato di colpo le mascelle e ho morso, ho morso la corrente.

Mi sono ritrovato una trota di tre chili fra i denti.

Io sono piombato come il falco predatore, con questa mia testolina tonda. Mi sono tuffato, adunco e fatale, e ho perforato l'acqua, l'ho fiocinata, e ho fatto diventare morta la trota che era sana come un pesce. Mi spiace, trota, ma stava scritto: ero il tuo destino, io.

La fune elastica mi ha risucchiato di nuovo in alto, la trota schiaffeggiava la mia guancia con la coda, io masticavo sapore di animale vivo, via dalla sua furibonda esistenza torrentizia l'avevo strappata, a morsi.

Per una settimana sono andato in giro con gli occhi neri. Pareva che mi avessero preso a pugni, tanto forte fu l'impatto con l'acqua, dopo cento metri di strapiombo. È stato cosí che ho dato la mia occhiata al torrente, il mio colpo d'occhio.

Quello sí che fu GUARDARE.

Cadere addosso alle cose da vedere. Schiantarci gli occhi sopra. Andare a sbattere con le pupille aperte. Guardare il marciapiede come lo guarda il suicida quando atterra.

Ma se fosse stato per me, oh, se fosse stato per me... Invece di buttarmi bambinone dagli strapiombi in Cile, sarei rimasto tutta l'estate a fissare il visino di Teresa. Stare di fronte a Teresa, lei in poltrona, io inginocchiato sul tappeto, nel salottino del mio bilocale, a Mestre, provincia di Venezia. Scarabocchiare su un bloc notes la sua bella faccia con la penna a biro, da mane a sera...

Non ho mai saputo disegnarla. Non sapevo disegnare. Ma era meglio cosí. Gli scarabocchi che mi uscivano quando le copiavo il visino bello erano il ritratto delle mie budelle appassionate. Non imprimevo l'immagine di Teresa sulla carta a quadretti: sui quadrettati fogli io esprimevo le mie entragne coratelle. Tutto un attorcigliamento arruncigliato, un imperscrutabile tumulto... Quei garbugli sbisciolati a biro erano ciò che ero io quando le stavo di fronte.

Rimira questi sgorbi, Teresa mia irriproducibile, incopiabile. No, non sono io, è il ritratto di ciò che si impadronisce di me quando ti guardo.

Oh Teresa, Teresa... Accetta questi miei scarabocchi, non di bambino ma di maschio adulto, tutti sbavati di viscoso inchiostro sciolto d'afa. Essi sono l'impronta veritiera delle mie viscere ingroppate.

Este es el mio sentimiento: mira, Teresita.

Teresa non ha apprezzato.

È partita da sola, mi ha lasciato cosí, attorcigliato, scarabocchiato. È stato allora che sono volato in Cile, per appendermi alle funi e precipitare giú dalle Ande.

Ho teso fino allo spasimo i miei intestini ingarbugliati, Teresa mia, Teresa mia mia mia mia mia mia mia mia mia mia mia mia mia...

Lo so che nessuno mi darebbe un centesimo, ma sono saltato in groppa ai dromedari da corsa dell'Alto Nilo. Con le lacrime agli occhi ho contrabbandato le bombe a mano tra le indomite genti somale. Si dilettavano a farle esplodere nell'intestino dell'avversa fazione, quei valorosi. Dilatavano gli sfinteri avversari, li laceravano se era il caso, di modo che accogliessero le granate bitorzolute. Strappavano dipoi l'anello detonatore, correvano a godersi da lungi lo spettacolo di un culo detestato che deflagra.

Ma io non mi pascevo dei loro passatempi, della politica del Corno d'Africa non mi curavo. Io sobbalzavo contrabbandando bombe sui dromedari da corsa, mi afferravo ai ciuffi di pelo sul cocuzzolo della gobba, e mi pareva d'aggrapparmi a un pennacchio d'erba sull'orlo di un precipizio, tanto rapide scalpitavano quelle bestie iraconde. Io rovinavo addosso all'aria, precipitavo orizzontalmente, affondando nel galoppo.

Ho sfinito dozzine di dromedari avvezzi allo scatto, ho insegnato che cos'è il vento a quell'aria tormentata dalle aride burrasche. Ho spazzato il deserto petroso, ho fatto sbigottire i granelli di sabbia inchiodati a terra dal sopore dei millenni.

Ero monsone di sudore e collera.

L'aria pigra ho inumidito, a rotta di collo scavavo tunnel di vento dentro le montagne d'aria, dentro quel cielo immenso, bassissimo, ancorato al suolo. Nell'azzurro accasciato a terra dal suo peso, io procedevo impavido, fendevo il ventre molle del cielo panzuto.

Ero stendardo tempestoso, infuriavo garrendo fra le dune. Ad ogni miglio mi fermavo, piantavo un candelotto dentro la tana di un topo, per far sgorgare geyser di sabbia, pietre miliari nebulose, torri di guardia evaporate, miraggi di oasi secche.

Ma se avessi dato retta al quieto pulsare del mio sangue, me ne sarei rimasto a Mestre, in vacanza con Teresa, in vacanza nella mia cucina... Teresa, mia Teresa... Ti avrei insegnato tutti i trucchi per prendersi gioco dell'afa. È un'imbelle, l'afa, un'indolente, lo sapevi, oh mia Tu? Signorinetta che te ne vai in giro onusta dei tuoi occhioni, lo sapevi che basta mettersi di fronte al frigorifero aperto, i portelloni spalancati, con un ventilatore dentro ogni reparto del frigorifero? Lo senti, amore mio amorissimo, che meravigliosa granita di brezza promana dal reparto surgelati?

Io non avevo nessun bisogno di cercare la mia vacanza per il mondo. La mia vacanza era lei, la mia vacanza si chiamava Teresa. Passavo le ore sulla porta del bagno a fischiettare tutti i dischi dell'estate. Tutte le canzoni del Festivalbar ho imparato, per ispirare a Teresa la pipí, per stimolare la sua distilleria ingrippata. Aprivo tutti i rubinetti, la doccia scroscia, il mio fischio ti struscia, lasciati andare, Teresa, alza la coscia e sgocciola.

Teresa ha storto il naso, non le piaceva che stessi lí impalato sulla porta del bagno mentre lei spingeva seduta sulla tazza.

– Nemmeno cagare in pace si può? – è sbottata.

Oh, Teresa, la tua pace, la tua pace...

Il mio tafferuglio, il mio subbuglio.

Il mio amore l'hai fatto andare giú nel cesso come un escremento rancido appestato...

Allora me ne sono andato a rammaricarmi, a immalinconirmi... Sí, ho ceduto, mi sono voltolato nel truogolo della tristezza.

Ho sentito un bisogno di lago.

E cento ne ho trovati, mille ne ho contemplati.

Tutti i laghi di Finlandia ho contornato, passo passo, sponda sponda, e mi sentivo come palla da flipper, lucidata a specchio, che rifletteva tutto quanto il cielo. Ed io specchiatamente riflettevo tutti quanti gli specchi d'acqua che riflettevano il cielo.

Cosí, vuoto e riflettente mi purgavo, e non volevo pensiero, non volevo passione, volevo solo il riflesso d'un riflesso nell'animo mio, essere un riflesso, essere portatore di riflesso, e nulla piú.

I laghi finnici erano miei fratelli consanguinei, conacquinei mi sono stati i laghetti. Specchiavano le nubi del cielo cosí supinamente, cosí scolarettamente... O non era piuttosto il cielo a riflettere i laghi? Era la volta cilestrina a rispecchiare nuvolaglie di latte immerse in quelle pozze lacustri, ciuffi di mucillagini subacquee, branchi sperminosi di avannotti?

L'alto cielo rannuvolato duplica forse le nubi degli abissi?

Io rimbalzavo da un lago all'altro come anonima pallina da flipper rimbalza fra i respingenti.

Ero una biglia a specchio che non diceva piú: «io», ma: «paesaggio». Non dicevo piú: «eccomi», dicevo: «ecco il visibilio». Non dicevo piú: «questo è il mio volto», dicevo: «questo è il mio dintorno».

Come uno specchio sferico mi sono tatuato di tutto ciò che c'era fuori, per coprire il mio rossore, il mio pallore, il mio languore. Ed era tatuaggio mutevole, era pellicola d'immagine che scorreva sulla mia pelle, e mi lustrava, mi purificava. Vetril di verità superficiale, vetrofanie di mondo detergevano il mio spirito.

Purtroppo, oltre il confine estone ho commesso un errore.

Mi sono impadronito di un sidecar, una di quelle moto con il guscio a fianco, un ovulo ospitale e ruota di triciclo.

Non ho avuto cuore di rifiutare passaggi alle ragazze snelle che trasgredivano la frontiera clandestine.

Tenendo saldo il mio manubrio con ambedue le mani, a fianco di costoro quanto sbadigliavo! A bocca aperta, a tutta birra sulla moto, quante sanguinarie zanzare baltiche ho ingollato, feroci punteruoli che ti pinzano fin dentro l'esofago.

Oh, le mie noiose passeggere d'Estlandia... Carnagioni dorate fino a non poter distinguere il confine degli smunti capezzoli. Abbronzate fin dentro il solco dei glutei, che esse porgono all'ultravioletto sole boreale divaricandoli, per piú piacere ai loro linfatici maschi sodomiti.

A frotte ne ho scorrazzate di qua dal confine, pallosissime giovani poppute, non mi potevano pagare, quelle fichissime straccione, mi ripagavano con le solite sfuriate di sesso.

Mi abbuffavo di quella carne immotivatamente allegra... Ammiccavano, ammiccavano sempre e dappertutto con quei loro sorrisi sinceri, sorrisi vuoti o pieni che fossero del mio malinconioso cazzo. Quanti tediosi orgasmi mi hanno munto, quante uggiose sborrate a sbuffo... Uff.

Ma se avessi trascritto a chiare lettere ciò che mi dettava il mio desiderio, cosí da costringermi a leggerlo, avrei passato le ferie con la mia donna e signora e proprietaria. A letto con Teresa, mano nella mano, nella mia cameretta, davanti al televisore senza audio. Ripetere a memoria dalla prima all'ultima battuta i dialoghi di tutti i film che già guardammo insieme, io e lei, recitarli a fior di labbra, sincronizzarli con le labbra degli attori...

Tu hai preferito gli squallidi arcipelaghi.

Tu hai scambiato per un mese a Ponza le nostre meravigliose avventure casalinghe.

Non possedevi il coraggio bastevole ad amarmi. E non volevi ammetterlo, Teresa.

Tu mi facevi lunghi predicozzi.

– Io ti faccio piú male che bene, non lo vedi? – sostenevi.

Di certo mi facevi piú male che bene a dire che mi facevi piú male che bene.

– Io ho un cattivo influsso su di te. Un influsso deleterio! – rincaravi.

La tua mala influenza... Il tuo disinteresse. Il mio interesimento...

– Tu ti esprimi veramente per ciò che sei solamente quando sei lontano da me, – sostenevi.

Pretesti, quanti pretesti accatastavi.

– L'impraticabilità del nostro amore, – dicevi.

Sei tornata da Ponza, strabellissima e rosea.

Da te ho ricevuto solo secchiate di buonsenso. – Hai la fissa, – dicevi, – togliti questa fissa dalla testa, tu non sei innamorato di me.

Se apri bocca, Teresa, è solo per distruggere il nostro spericolato amore.

A fare gli sbruffoni per il mondo sono capaci tutti, ma chi possiede l'ardimento per restare a casa ad amare l'amor suo, eh, Amore Mio?

Tu parli, parli, parli, Teresa, e intanto fai naufragare i miei tenerissimi progetti...

Perché piuttosto non metti alla prova la nostra passione, invece di dirla esausta e a me nociva? Perché non mi accontenti, per una volta almeno?

Passiamo Ferragosto dentro il mio sgabuzzino, sotto il refrigerante luminoso neon... Scartabelliamo insieme la Nostra Storia d'Amore. Te le rileggo tutte, le cartoline che ti scrivevo alle medie, tutte le lettere che mi hai restituito a pacchi, a mucchi. Passiamo il Ferragosto a rirammemorarci, Teresa, io e te, noi due presenti e eterni...

Corriamo a casa che ti voglio scopare

Verso le due di notte, Giuliana e Fabrizio arrivano di corsa alla fermata del tram.

GIULIANA   Un attimo, ehi, ferma! Autista! Ferma! (*Rallenta la corsa, rassegnata*) Bastardo! (*Ansimando, si fermano tutti e due piegati dal fiatone, con le mani sulle ginocchia*) Ma guarda questi sfaticati! Lo sanno che è l'ultima corsa, non si guardano intorno per vedere se c'è qualcuno? Che cosa gli costa dare un'occhiata? Non vedono l'ora di andare a dormire!

FABRIZIO (*anche lui con un po' di fiatone*)   Vorrei vedere te, a fine turno, se non vedresti l'ora di staccare...

GIULIANA (*si avvicina al tabellino degli orari*)   Fammi controllare. Da lunedí a venerdí... no... Sabato: zero cinquanta, una e venti, una e quaranta. Niente da fare, era proprio l'ultimo.

Fabrizio si allontana.

GIULIANA   Be', dove vai?

FABRIZIO (*si volta*)   A casa, no?

GIULIANA (*lo raggiunge. Camminano fianco a fianco*)   Chiamiamo un taxi, scusa!

FABRIZIO   Andiamo a piedi, dài.

GIULIANA   Ma... ci vorrà mezz'ora!

FABRIZIO   E allora? Facciamo una passeggiata!

GIULIANA   Una passeggiata? Di notte?! A Milano?!?

FABRIZIO   Perché no? È una notte bellissima.

GIULIANA   Bisogna essere completamente pazzi per concepire anche solo l'idea di fare una passeggiata a Milano!

FABRIZIO   Non è brutto, invece. Ci sono le stelle.

GIULIANA   Ma se non si vedono neanche! Ce ne saranno
tre in tutto! Troppi lampioni, troppe insegne!

FABRIZIO   È questo il bello. Competizione anche nelle ga-
lassie. Solo le stelle piú luminose bucano la cappa di luce elettrica. (*Si rivolge al cielo*) Sei una stellina deboluc-
cia? È colpa tua. Cura la tua immagine. Dai le dimissio-
ni, licenziati. Fatti assumere come supernova. Flessibilità,
riconversione industriale. Vuoi metterti in vetrina a Milano? Non mi interessa se sei una star. Non basta. Qui
mettersi in mostra costa caro per tutti. Niente facilita-
zioni. Niente sconti.

GIULIANA   Ma io volevo andare a casa subito!

FABRIZIO   Mezz'ora in piú, non muore nessuno.

GIULIANA   Lo pago io il taxi (*tira fuori il telefonino, fa per
chiamare un taxi*).

FABRIZIO (*glielo fa ricacciare nella borsetta*)   Cosa c'entrano
i soldi! Lascia stare, su.

GIULIANA   Volevo andare a casa subito...

FABRIZIO   A fare cosa?

GIULIANA (*lo prende sottobraccio*)   A insaponarti i piedi...
lavarti i denti... farti un bidè...

FABRIZIO   E poi?

GIULIANA   Tagliarti gli unghioni degli alluci, le unghiette
di tutte le dita... passarti il filo interdentale... depilarti
le palle...

FABRIZIO   E poi?

GIULIANA (*sempre piú eccitata*)   ... passarti la pietra pomice
sui calli... farti il risciacquo del collutorio bocca a bocca... spalmarti la pomata antifungo sulle cosce...

FABRIZIO   E poi?

GIULIANA   E poi farti un massaggio con la maionese... dentro il naso, dentro le orecchie, dentro questo bel sederino (*lo palpa*)... Ne ho comprati tre tubetti apposta... Questa volta non rimaniamo senza sul piú bello, non c'è pericolo!

FABRIZIO   Davvero hai comprato la maionese per me?

GIULIANA   Certo! Ho fatto una spesa magnifica... Ci ho messo un'ora.

FABRIZIO   Per forza, di sabato, c'è sempre coda.

GIULIANA   No, era il mio turno ma si è bloccata la cassa.

FABRIZIO   E non potevi cambiare, scusa?

GIULIANA   Mi interessava troppo stare a sentire: una scena! La cassiera è scoppiata a piangere.

FABRIZIO   Sul serio? Che cosa le hai fatto?

GIULIANA   Io niente, è stato quello davanti a me.

FABRIZIO   L'ha offesa?

GIULIANA   Figurati, era un tipo taciturno, sulle sue. Anche troppo. Un ragazzo. Neanche brutto, fra l'altro. La cassiera passava i codici a barre sulla finestrella... una lattina di birra, una confezione da due uova, un vasetto di yogurt, cose cosí, gli ha dato il resto e lo scontrino, e all'improvviso è scoppiata a piangere.

FABRIZIO   Perché?

GIULIANA   Anch'io gliel'ho chiesto! Lei singhiozzava, ha detto che le faceva troppa tristezza, in anni e anni non aveva mai visto una spesa cosí, tutta di cose per una persona sola, abbandonata... Una spesa cosí... cosí... (*come cercando la parola adatta*) ... da single, capisci? Una spesa disperata!

FABRIZIO   E tu che cosa le hai detto?

GIULIANA   Non c'era niente da fare, piangeva a dirotto. Abbiamo chiamato le sue colleghe, le altre cassiere, i ragazzi del reparto salumeria, il direttore. Anche le persone delle altre casse hanno mollato la coda e si sono messe lí intorno, se l'è presa a cuore tutto il supermercato.

FABRIZIO   E la cassiera?

GIULIANA   Niente. Non smetteva piú. Ululava.

FABRIZIO   Avrà avuto una delusione amorosa. L'avrà mollata il fidanzato da poco.

GIULIANA   Anch'io l'ho pensato. Ma una sua collega mi ha detto di no, che è una fatta cosí, simpatizza troppo con tutto quello che vede. Si immedesima.

FABRIZIO   Per fortuna che non fa un altro mestiere! Pensa: la psicologa, l'assistente sociale in un carcere minorile... In un orfanotrofio!

GIULIANA   Eh. Comunque, alla fine mi è venuta un'idea. Ho cercato di consolarla con la mia spesa. Le ho mostrato i tre tubetti di maionese, e le ho spiegato a cosa mi servono.

FABRIZIO   Hai detto a tutto il supermercato i fatti tuoi!?!

GIULIANA   I fatti nostri, amore...

FABRIZIO   Le tue perversioni sessuali!

GIULIANA   Le ho illustrato anche le virtú erettili della senape, se è per quello.

FABRIZIO   Ma la senape... brucia!

GIULIANA   Lo sapevo, non dovevo dirtelo. Volevo farti una sorpresa.

FABRIZIO   Finisci di raccontarmi quello che è successo al supermercato, che è meglio.

GIULIANA   La cassiera non si è mica scandalizzata. Era tutta contenta. Si è messa a ridere con le guance ancora bagnate di lacrime. Ah! (*Abbraccia di fianco Fabrizio, si stringe a lui*) Che bello essere in due! Le persone innamorate si riconoscono dalla spesa al supermercato! Tutto quello che compra una persona innamorata ha un aspetto inconfondibile! Si riconosce a colpo d'occhio! (*Si sbraccia infervorata dal discorso*) Se dentro la borsa della spesa c'è della maionese, senape, forbicette per le unghie, raschietti e pietra pomice per grattare i calli, spazzolini, collutorio antiplacca, filo interdentale, cera depilatoria, crema antifungo... quella di sicuro è una persona innamorata, una persona felice!

FABRIZIO   E dove succedeva tutto questo?

GIULIANA   Alla Standa.

FABRIZIO   In via Cenisio?

GIULIANA   Sí.

FABRIZIO   Non avrò mai piú il coraggio di metterci piede!

GIULIANA   Che te ne importa? La faccio io la spesa. Tre tubetti di maionese! Un vasetto gigante di senape! Formato famiglia, formato sesso scatenato!

FABRIZIO   E, sentiamo: dopo che mi avresti spalmato per bene che cosa mi fai?

GIULIANA   Ti scopo tutta la notte...

FABRIZIO   E poi?

GIULIANA   Ti porto la colazione a letto e ti scopo tutta la mattina!

FABRIZIO   Non riesci a pensare ad altro?

GIULIANA   Ma come?!

FABRIZIO   Sempre solo e soltanto scopare!

GIULIANA   Ti dà fastidio se ho voglia di scoparti?

FABRIZIO   Dobbiamo per forza scopare ogni volta che ci vediamo?

GIULIANA   Dobbiamo per forza vederci ogni volta che scopiamo?

FABRIZIO   Cambiamo discorso, va'.

GIULIANA   Sí, cambiamo discorso, che è meglio.

Riprendono a camminare, per qualche istante tacciono.

GIULIANA   La verità è che devo sempre pensare io a tutto.

FABRIZIO   Non capisco, scusa...

GIULIANA   Ma sí... La maionese, la senape...

FABRIZIO   Ancora con questa storia!

GIULIANA   Eh, certo! Senza di me, mio caro...

FABRIZIO   Che discorsi! Senza di te sarei solo al mondo, un derelitto...

GIULIANA   Sí, ma con me non sei mica in due, sei con un

harem! Chi te li fa i barriti dell'elefantessa a letto? E la maschera di gomma di Madre Teresa di Calcutta!? L'aliena con sei tette tutta foderata di domopak alluminio!! E l'accento da suora sicula, da minatrice sarda! I mammutones in calore, ti ho fatto! (*Mima un'eccitazione sardegnola, feroce, inventando parole pseudosarde*) Agàssame su minchiunàu pilòsu! Agàssame su minchiunàu pilòsu!

FABRIZIO   Ma sono iniziative tue! Voglio dire, a me piace moltissimo. Però...

GIULIANA   Mi sembra di essere il tuo circo Barnum della fica!

FABRIZIO   Ho sempre creduto che piacesse anche a te...

GIULIANA   Ecco cosa sono per te, cosí mi vedi! (*Si capovolge, cammina sulle mani, con le gambe per aria. La gonna le scende sulla testa, scopre gambe e mutande. La sua voce arriva da sotto la gonna*) Contento? Mi riconosci? Contento?

FABRIZIO   (*si guarda intorno preoccupato per vedere se c'è gente, vergognandosi*)   Giuliana, sei impazzita? Calmati!

GIULIANA   (*si rimette in piedi*)   Tutto io devo fare.

FABRIZIO   Credevo ti facesse piacere...

GIULIANA   Mi fa piacere fare piacere a te! Che cosa mi devo inventare, ancora? Il piercing sotto le ascelle? Le treccine, i dreadlock rasta in mezzo alle gambe? L'extension di peli sulla fica? Vuoi che ti faccia la giraffa mangiatrice di spade, eh? (*Nel frattempo fa facce un po' oscene*) Devo inghiottire giavellotti? Trampoli?

FABRIZIO   Ma, tesoro, io...

GIULIANA   Che tesoro e tesoro! Sei cosí passivo, cosí lesso! Un mollacchione! Stai a guardare e basta, te ne approfitti dei miei spettacolini! Ah, hai fatto un affare, con me, di sicuro ci godi di piú tu! Sabato scorso sei venuto quattro volte!

FABRIZIO   A questo punto siamo? Alla contabilità degli orgasmi?

GIULIANA   È che vorrei un po' piú di... riconoscenza. Di collaborazione!

FABRIZIO   Ma io ti adoro, amore mio!

GIULIANA   Mi adori ma sei lesso. Non tiri fuori un'idea che sia una. Non mi fai mai una sorpresa!

FABRIZIO   Giuliana, io sto bene con te cosí, non mi passa neanche per la testa che per stare bene bisogna inventarsene sempre una nuova. Mi trovo talmente a mio agio con te...

GIULIANA   E vorrei anche vedere! Per forza ti trovi a tuo agio. Faccio tutto io!

FABRIZIO   Be', insomma...

GIULIANA   Chi ti ha fatto fare l'amore davanti a tua nonna paralitica? Chi ti ha fatto le peggio cose in paracadute? Vorrei proprio saperlo, quanti uomini possono dire di aver fatto sesso sospesi per aria, precipitando, a duemila metri di quota!

FABRIZIO   D'accordo... ma alla fine sei quasi prevedibile, guarda. Cioè, vuoi essere imprevedibile a tutti i costi, e in questo sei prevedibile. Non si sa bene cosa, ma si sa che una cosa prima o poi la farai.

GIULIANA   Non è essere prevedibile, è coraggio! Quello che tu non hai.

FABRIZIO   Non lo chiamerei coraggio. È solo voglia di essere originale. Sei sempre inquieta, non si capisce cosa vuoi, cos'è che non ti basta. Infatti, vedi, non riesci nemmeno a goderti una passeggiata.

GIULIANA   Ah, cosí io non sarei coraggiosa!

FABRIZIO   Ti dico, non lo chiamerei coraggio...

Giuliana corre un po' lontano, supera il margine del marciapiede, si apre la camicetta, velocissimamente mostra il seno alla strada. Un'automobile inchioda, accosta, Giuliana si china a parlare al finestrino. Le aprono la portiera, lei monta su e scompare. Tutto questo avviene fulmineamente.

Fabrizio rimane a bocca aperta.
Prova a chiamarla al telefonino.

FABRIZIO   Perché non risponde?

Sospira.
Si guarda intorno.
Batte la testa sul muro, appoggia la fronte, si stacca dal
muro e, come ipnotizzato, si mette a leggere i manifesti
con voce meccanica, senza provare nessun interesse.

FABRIZIO   Tutto per la casa tutto per la sposa trapunte piumini scaldotti plaids lenzuola vibratori dildos godemi-
ché in lattice falli autoschizzanti. (*Piccola pausa*). Ordi-
nanza numero trentadue deliberata l'undici giugno mil-
lenovecentonovantanove oggetto taglie sugli autori di
graffiti stradali e imbrattatori di muri. (*Legge di seguito
un graffito*) Sindaco attento lo spray è come il vento si
abbatte in un momento sul tuo culo di cemento. (*Piccola pausa. Legge un altro graffito, sempre con la stessa voce
meccanica*) Matilde amore mio che creatura misteriosa e
potente sei tu che tieni in pugno il mio cuore Matilde
mia dolcissima e terribile niente sarà piú lo stesso senza
di te amore mio tiranno aperta parentesi juve merda
chiusa parentesi.

Trilla il cicalino dei messaggi di testo.

FABRIZIO (*legge esterrefatto il messaggio sul telefonino*)   «Non
posso parlare ho la bocca occupata»!!!

Si guarda intorno.
Dà un calcio a una lattina.
Si mette la testa fra le mani, disperato.

Ritorna la stessa macchina. Giuliana scende. La macchina riparte e scompare.

FABRIZIO   Ma... ti rendi conto??? Potevano rapirti! Violentarti in cinque! Farti la pelle!

GIULIANA   Dài, che cosa vuoi che sia! (*Lo prende sottobraccio, tenta di dargli un bacetto*).

FABRIZIO   Stammi lontana. Che schifo! La bocca occupata!

GIULIANA   Occupata, sí. Stavo facendo conversazione.

FABRIZIO (*imbronciatissimo*)   Sííí... tu facevi conversazione e... (*come cercando un controesempio assurdo*) ... e io leggevo i manifesti del sindaco!

GIULIANA   Non so che cosa facessi tu, so che la mia è stata una conversazione molto interessante.

FABRIZIO   Perché, adesso le puttane le tirano su per fare conversazione!?

GIULIANA (*gli dà una sberla sulla nuca*)   Puttane?! Come ti permetti!?

FABRIZIO   Scusa, non hai giocato a fare la puttana?

GIULIANA   Io non gioco mai, io rischio! Mi ha tirata su uno che conoscevo.

FABRIZIO (*sarcastico*)   Perfetto! Ti sei fatta riconoscere a battere!

GIULIANA   Era il mio ex marito.

FABRIZIO   E cosa vuole da te?

GIULIANA   È tutta la sera che ci segue.

FABRIZIO   Ma tu te n'eri accorta? Lo sapevi?

GIULIANA   No, l'ho riconosciuto solo quando mi sono chinata a parlare al finestrino.

FABRIZIO   Complimenti a tutte e due. Cosa voleva?

GIULIANA   Dice che sei un disastro, che dovrei rimettermi con Giacomo. Quello sí che gli era simpatico, sapeva vivere!

FABRIZIO   Uff...

GIULIANA   Comunque mi ha invitata a pranzo domani.

FABRIZIO   Giacomo?

GIULIANA   No, il mio ex marito.

FABRIZIO   Hai intenzione di andarci?

GIULIANA   Non so, tu cosa dici?

FABRIZIO   Be', non sarebbe male, cosí io ne approfitto per fare un salto dalla mia fidanzata.

GIULIANA   Federica?

FABRIZIO   Macché Federica, Anna!

GIULIANA   E chi è?

FABRIZIO   Quella che ho conosciuto dal dentista.

GIULIANA   Anna... dal dentista... Non mi dice niente!

FABRIZIO   Massí. Te l'ho raccontato, non ti ricordi già piú? Non mi stai mai ad ascoltare...

GIULIANA   Che cosa ci posso fare, non mi interessa con chi vai! (*Stringendosi a braccetto*) Senti, e quella salsa alla paprika, che fine ha fatto?

FABRIZIO (*piagnucoloso*)   Non basta la senape?

GIULIANA   Mah, non so mica, quasi quasi, un po' di paprika. (*Palpandogli il sedere*) E poi un bell'estintore... ben oliato, lubrificato per benino.

Quando mi domandano che cosa faccio nella vita

Quando mi domandano che cosa faccio nella vita, intorno a me si scatena il putiferio.

Reagiscono in vari modi. C'è chi fa un fischio e manca poco che si metta a ululare di giubilo. Qualcuno fa un passo indietro, di colpo, come se invece di rispondergli tranquillamente gli avessi dato uno spintone.

E poi ci sono le crisi di invidia. Danno una soddisfazione, gli invidiosi!

Mi è capitato anche di ricevere qualche bella occhiata di rimprovero. Ma in genere la gente mi fa le feste. Arrivano anche pacche sulle spalle, sorrisi da un orecchio all'altro.

– Raccontami *tutto*, – dicono. Offrono da bere.

Se il mio mestiere vi mette cosí tanta gioia di vivere, perché non provate anche voi? Almeno una volta. Che ci vuole?

Mi viene da fargli una ramanzina. Poi però l'idea di farli gongolare – come non li ha mai fatti gongolare nessuno – ha il sopravvento, e allora mi metto a raccontare.

Per lavoro io giro il mondo nudo.

Cinque anni fa ho scritto una *Guida al nudismo in Europa (Vaticano compreso)*, che ho ripubblicato due anni dopo in versione ampliata, con il Nord e il Centroamerica. Attualmente sto lavorando alla prima *Guida al nudismo in tutto il mondo (luna compresa)*.

(luna compresa), scritto cosí, fra parentesi, lo voglio mettere nel titolo. È una piccola licenza poetica che mi concederò volentieri, perché la luna è la cosa piú nuda che esista. È tutta sbucciata, completamente svestita di qualsiasi

cosa. Sembra un'arancia a cui è stata grattugiata la buccia ed è rimasta con lo strato bianco spugnoso: ma anche questo paragone è sbagliato, perché guardando la luna hai la certezza che sia fatta della stessa pasta sia in superficie che nelle viscere. La luna è fatta di sasso dentro e fuori, senza organi, e nemmeno lava, o radici, tantomeno cuore: è la nudista perfetta. È perfetta, ma non per questo smette di essere vera. È talmente vera che ti mostra sempre solo un lato. Bisognerebbe avere uno sguardo circolare, a forma di abbraccio, per poterla vedere tutta contemporaneamente, da tutti i lati, circondandola con la vista: ma come si fa, abbiamo a disposizione soltanto un'occhiata esile come un filo, e due palline incastonate nella testa. I nostri occhietti lunari mostrano anche loro sempre lo stesso lato.

Di solito, quando mi dilungo a descrivere la nudità della luna, la gente comincia a sbuffare. «Quand'è che si arriva al sodo?», mi fanno capire, anche senza dirmelo. Ma sono io che faccio apposta: ci prendo gusto a lasciarli in sospeso. So che posso indugiare ancora un po', perché li tengo in pugno.

Certe volte mi sale di nuovo un po' di irritazione, e mi viene da dire: «Va bene, vi racconto tutto purché ci mettiamo nudi anche noi. Mi sembra di fare una cosa sporca a parlare di gente svestita restando cosí, ben protetto, tutto foderato di stoffa». Ma le uscite di questo genere me le tengo per me: chi mi ascolta fraintenderebbe le mie intenzioni, e allora vado avanti a raccontare.

Mi piaceva fare la copia dal vero delle mie compagne di classe e, finiti gli studi, delle mie prime colleghe di lavoro. Delle fidanzate no, non mi attirava. Le mie compagne di classe e poi le mie colleghe si mettevano nude e io riempivo fogli su fogli, da sinistra a destra, dall'alto in basso. Lo scoprivano presto che il mio non era un album, ma un quaderno a righe, e i miei non erano disegni, ma pagine e pagine di scrittura fitta. Allora succedeva una cosa che io non ho mai capito: si coprivano di scatto con il lenzuolo, o si infilavano in tutta fretta l'accappatoio, indignate. Mi davano del porco. Del depravato. A me! Perché? Che differenza c'è tra fare la copia dal vero con un disegno o con una descrizione?

Non è perché non sapessi disegnare che le descrivevo. Anche se avessi saputo fare il ritrattista con le figure, avrei copiato lo stesso a parole le mie modelle nude. Per piú di un motivo. Bisogna essere assolutamente concentrati, quando si fa copia dal vero con le parole, non è concesso pensare ad altro. Per esempio, disegnando una donna nuda in sua presenza si può persino ascoltare il giornale radio. Copiando con le parole, assolutamente no. Copiando con le parole non succede mai che la mano si lasci andare un po' svagata e tracci qualche segno in completa autonomia, mettendosi a scrivere da sola, senza il controllo del pensiero: durante un disegno, invece, prima o poi questo capita sempre.

Quando si fa copia dal vero con le parole, lo sguardo diventa piú intenso, e la mente si sforza di trovare termini che vanno bene per quel corpo e per quello solo. Se è il caso ne deve inventare di nuovi: termini adatti a quella carnagione e a quella soltanto. Ho copiato dal vero donne polpastre, vibridinose, stecchiliche, loffie, malopse, imperniate, gloidi, pilifere, moltone, gnamme, cirriformi, nasocordi, risoligne, geghegè, microbonde, occhiaglie, z, pandole, sclitoriate, mardochee, pressofuse, acidicce, fraccate, tuptup, zippole, nalorbe, vempe, faruffe, strane, sorrisive, gix, dentone, brontolotte, sbulfarde, gengivaglie, premulghe, fiottovore, gnanfe, aeroccolate, pampalughe, squacquerosee, fruccubi, corte.

Comunque, in Costa Azzurra le donne mettono gli assorbenti interni durante il ciclo. Non come nel resto del mondo, dove è buona norma concedere alle donne mestruate di girare per il campo nudisti in mutande, con il pannolino negli slip. In Costa Azzurra il filo che pende fra le cosce è decorato di piume, di solito verdi fluorescenti o fucsia. L'estate scorsa andava di moda una sonagliera, fatta di piccole sfere cave di rame, con i sassolini dentro. Da allora, ogni volta che sento tintinnare un campanellino, automaticamente penso al sangue mestruale. Ma ho visto anche catenelle inguinali alle quali le nudiste della Costa Azzurra appendono un piccolo crocefisso.

Non sono un visionario, sono un compilatore. Il mio lavoro di schedatura consiste nel fornire i dati essenziali su ogni campo nudisti. Servizi, tariffe, sorveglianza, se affittano le pinne e la maschera, assistenza medica, se si può fare la spesa nudi e le cassiere del supermercato sono vestite oppure la loro uniforme è tessuta rigorosamente di aria, periodo d'apertura, se ai ricevimenti è gradito l'abito depilato, numero di posti, se si può portare in giro il cane senza museruola, percentuali maschi/femmine e anziani/adulti/bambini, se lungo i viottoli sterrati può capitare di imbattersi in un gregge di pecore dal vello fitto e vaporoso, temperatura media e clima, se gli snowboard sono a disposizione della clientela, tenuta dei maestri di sci, se i gabinetti hanno la porta, generi di ballo praticati nelle discoteche, se è vietato fare fotografie.

A Brisbane, gli impiegati di numerose ditte possono prendere un'abbronzatura integrale durante la pausa pranzo in cima agli edifici delle compagnie assicurative. Alcuni tetti sono muniti di piscine. Cito da una relazione della Società per le indagini di mercato del Queensland: «La vita in città, con il suo alto tasso di formalismo nei rapporti, gerarchie rigide e, in definitiva, ipocrisia, innesca un forte desiderio di nudismo nelle classi lavoratrici. È necessario pertanto distinguere la pratica della nudità urbana da quell'altra, in apparenza affine, che viene tradizionalmente definita naturismo. Il naturista si immerge nel paesaggio selvatico, tenta di rispecchiare la natura, la imita con la propria nudità. Al contrario, il nudista urbano funge da surrogato della natura stessa. La sostituisce, la impersona». In Clergyman Square, dopo mezzogiorno, è molto suggestivo bighellonare fra le bancarelle del mercato, vestiti di tutto punto, fra la gente assorta nella contemplazione dei prezzi. Alzando lo sguardo, ci si accorge di essere tenuti d'occhio dai programmatori informatici della Datadream Corporation, appoggiati al parapetto sulla terrazza del quinto piano. Vi fissano con le pupille dilatate, da lemure, di chi ha trascorso ore e ore davanti allo schermo di un computer.

A Kohtla-Järve, in Estonia, ho assistito a un funerale nudista.

Si racconta che lo sceicco Hirun El Kalifa, nei pressi di ar-Rayyan, in Qatar, dodici anni fa abbia coltivato un giardino che riproduceva alla lettera il paradiso del suo credo. In un condotto aperto scorreva una specie di orzata rinfrescante. Dappertutto erano accovacciate donne completamente nude, tranne un fitto velo bianco che nascondeva il volto. Si appartavano a gruppi di cinque dietro ciuffi di palme insieme a uomini baffuti, uno per volta, vestiti di sandali e nient'altro. Si diceva che questo paradiso fosse stato messo in piedi per essere visitato soltanto dagli ospiti occidentali dello sceicco. Hirun El Kalifa, dunque, con la costruzione di quest'opera pia, non avrebbe inteso fare nient'altro che del proselitismo: convertire gli infedeli, insomma. La visita consisteva in una passeggiata taciturna: lo sceicco percorreva il paradiso standosene zitto a fianco del suo ospite, lasciava che fosse la gloria metafisica del suo credo a parlare al posto suo. Io non ho fatto in tempo a visitarlo, e ritengo che si tratti di una leggenda, ma nella mia guida riferisco ugualmente dell'unico campo nudisti islamico mai esistito al mondo perché, anche se falsa, questa diceria ha contribuito a fare sí che Hirun El Kalifa fosse macellato vivo sotto il sole, nella piazza di ar-Rayyan, da un'accolita di suoi concittadini devoti.

Una volta l'anno, intorno al solstizio d'estate, gli esquimesi della comunità Naphpranadikku si ritrovano sotto una grande volta di ghiaccio. Un centinaio di uomini, donne e bambini passano una settimana intera a purificare i loro corpi. Si tagliano a vicenda le unghie dei piedi con i denti, si frugano l'un l'altro fra i capelli e nella rada peluria inguinale, maniacalmente, per districare il piú piccolo nodo. Schiacciano la pancia del vicino con le palme delle mani per aiutarlo a evacuare, lo cinturano con le braccia da dietro la schiena e stringono forte il suo ventre, in modo che riesca a sgombrare per bene le viscere. Eseguono massaggi ponderali, che consistono nel pressarsi nudi contro il terreno ghiacciato, schiena contro schiena, a turno. A volte si ammonticchiano in pile di quattro o cinque persone, con un bambino in cima. Ho provato a sottopormi a uno di questi massaggi: non fa male, la prima impressione è che ogni singolo osso dello scheletro, dal femore sino agli ossicini dell'orecchio, si sloghi impercettibilmente, mentre in realtà stanno tornando tutti alla loro sede amniotica, si riassestano nel liquido sinoviale delle articolazioni. Per parecchi giorni il corpo rimane come anestetizzato, si ha la sensazione di essere stati appena scolpiti. Alla fine della settimana di purificazione dei Naphpranadikku l'aria è viziata, c'è un odore molto sgradevole. Gli abitanti si rivestono, escono all'aperto e abbattono la loro architettura di ghiaccio con piccoli tocchi sapienti su un punto alla base della volta, ne provocano il crollo per demolire l'atmosfera impura che essa racchiude.

Verso la decima settimana del corso prematrimoniale, i fidanzati cattolici irlandesi di Kilkenny si denudano collettivamente nel palazzetto dello sport intitolato a St. Augustin. I promessi sposi si raggruppano sotto un canestro, le promesse spose si ammassano sotto il canestro opposto. Il loro scopo non è quello di disputare una partita di basket. Cominciano i maschi, urlando in coro il padrenostro. Le femmine rispondono con un'avemaria a squarciagola. Tutto ciò avviene di notte, nel buio piú denso. Immerso nelle tenebre, il palazzetto di St. Augustin risuona di stridule litanie.

Il mio preferito è il campo nudisti di Miyazaki, nell'isola di Kyushu. A differenza di quanto succede negli altri campi giapponesi, le ragazze non guardano dall'altra parte quando i ragazzi hanno un'erezione, ma si mettono a ridere allegramente, e tutti insieme, ragazzi e ragazze, pronunciano una breve filastrocca che, tradotta letteralmente, significa:

Com'è, come non è,
sono piú vicino a te.

Mi rivolgo a te, Tyran, signora della gelosia

Mi rivolgo a te, Tyran
signora della gelosia e della febbre
inquilina del mio sangue
cavallerizza degli uragani
Tyran domatrice di comete
Tyran che coli dalle cosce delle giumente
Tyran che fiotti dalle grondaie
che ruggisci nei cartelloni stradali
e nelle ascelle delle concorrenti
dei concorsi di bellezza
Tyran che sbocci nelle malattie della pelle
nella spuma dell'aranciata in lattina

per causa tua il petrolio che sonnecchiava
da milioni di anni nel grembo della terra
si sveglia incollerito nella camera a scoppio
di una motocicletta smarmittata

per causa tua una cugina con gli occhiali
che ha sempre preso bei voti a scuola
e non è mai tornata tardi a casa per cena
urla e piange e si graffia le lentiggini sulle gote
al concerto di un gruppo di ragazzi
che cantano ballando a torso nudo

per causa tua il disegnatore della Zecca di Stato
aggiunge un'impercettibile gobba
sul naso della Patria ritratta di profilo
diffonde il ritratto della sua amante
in cento miliardi di copie

all'insaputa di tutta la nazione
all'insaputa della moglie
che tiene quelle monete fra le dita
le tende all'uomo dell'edicola
per comprare una rivista di pettegolezzi

1.

Come al solito Luciano è arrivato per ultimo alla riunione, ma questa volta ha tirato fuori un pennarello e si è messo a scarabocchiare su una strisciolina di carta.

Ha scritto questo:

A B C D E F G H I J K L M N O P Q R S T U V W X Y Z

Poi, molto delicatamente, ha annodato la strisciolina, stringendo il nodo al centro esatto della fettuccia di carta.

Sul momento nessuno degli altri tre ha notato che il nodo avvolgeva le lettere L, M, N, O.

Verso i trent'anni, avevamo fondato un'associazione. O un circolo culturale. Per dire le cose come stanno, avevamo fondato un pretesto per stare insieme.

Ci chiamavamo Luciano, Martina, Nicola, Olga.

Luciano era innamorato di Martina.

Martina era innamorata di Nicola.

Nicola era innamorato di Olga.

Olga era innamorata di Luciano.

Oppure, schematizzando:

$$L \rightarrow M$$
$$\uparrow \quad \downarrow$$
$$O \leftarrow N$$

Questa situazione era causa di continue tensioni. La nostra relazione a quattro assomigliava a quelle stampe di
Maurits Cornelis Escher (1898-1972), dove si vedono quattro torri unite da altrettante rampe di scale. Non si sa come, ma le rampe partono e arrivano alla stessa altezza da
terra. Eppure, nel disegno, la prospettiva dà l'impressione
che siano tutte e quattro in salita.

Nel nostro caso però non si trattava di un inganno della
prospettiva, ma proprio di rincorse su e giú per i gradini, fiatone, gelosia, batticuore. Soprattutto gelosia e batticuore.

L'amore che letteralmente *circolava* tra noi quattro ci ren-
deva inseparabili, nel peggior senso della parola. Non ci perde-
vamo mai d'occhio, per paura di una tresca fra due di noi. Se
uno andava a fare qualcosa, si tirava dietro a catena tutti gli altri.

Io ero uno o una di noi quattro, ma per raccontare la nostra storia ho deciso di rimanere neutrale, in incognito.

2.

NICOLA Potremmo invitare Ilbilioso Tepori.
MARTINA Sí sí, Ilbilioso Tepori mi sembra un'ottima idea.
Geniale!
OLGA E per domandargli che cosa?
LUCIANO Come, scusa...? Ha appena pubblicato un ro-
manzo!
OLGA Ma è il terzo romanzo autobiografico che pubblica
nel giro di un anno!
MARTINA E allora?
OLGA È già tutto scritto dentro i suoi libri: come la pen-
sa, che cosa gli capita... Le sue idee sulla letteratura, la
storia finita male con la fidanzata...
NICOLA Come paga l'affitto! Come ha fatto a farsi pub-
blicare! È uno scrittore fantastico uno che ti racconta
queste cose!

OLGA   Cosa vuoi intervistarlo a fare uno scrittore cosí? Ha già detto tutto nei libri... Persino le presentazioni in libreria, ci mette dentro. Se per qualsiasi motivo non lo trattiamo come si deve – ed è molto probabile, visto che pare sia un caratterino, non gli va mai bene niente, tu magari pensi di avergli fatto una carineria e invece lui si è offeso a morte – è capacissimo di sbeffeggiarci nel prossimo romanzo...

LUCIANO   E poi, scusate tanto, ma uno che si sceglie come pseudonimo «Ilbilioso»...

NICOLA   Ci sarebbe la Sacrarota.

MARTINA   Sí sí, la Sacrarota mi sembra un'ottima idea. Geniale!

LUCIANO   È vero che, se proprio vogliamo mettere i puntini sulle i, la Sacrarota *non* ha appena pubblicato un romanzo.

NICOLA   Ma un mese fa si è fatta fotografare nuda per la strada, con i tacchi alti venti centimetri e una cinghialetta da passeggio. La foto ha fatto il giro di tutti i giornali. Una fica mondiale!

OLGA   Chi, la cinghialetta?

NICOLA   La Sacrarota.

MARTINA   La Sacrarota crede di avercela solo lei!

LUCIANO   Che cosa, la cinghialetta?

MARTINA   La fica!

OLGA   Sono stufa...

LUCIANO   Dài, adesso facciamo sul serio. Basta battute.

OLGA   Sono stufa...

NICOLA   Rimarrebbe il pur sempre valido Conconi... Come ti sembra come idea, Martina?

MARTINA   Lasciami stare. Cinghiale!

OLGA   Sono stufa di questi giovani scribacchini... Sono stufa di lasciargli decine di messaggi nelle segreterie telefoniche, di prenotargli l'albergo, di litigare con il libraio perché gli paghi una pizza... Di supplicare l'assessore perché gli rimborsi il biglietto del treno... Sono stufa di implorare le redazioni dei giornali perché pubblichino i loro stitici trafiletti con gli orari degli incontri in fondo alla cronaca locale!

LUCIANO   In effetti... Dovremmo fare un salto di qualità.

NICOLA   Apposta proponevo Conconi. Aureliano Conconi *non è più* un giovane scrittore!

MARTINA   Ma l'abbiamo invitato cinque volte in due anni!

OLGA   Dobbiamo uscire allo scoperto noi. In prima persona.

NICOLA   Ma noi non abbiamo ancora pubblicato nulla... purtroppo...

LUCIANO   E desidereremmo tanto farlo, eh?

OLGA   Io non ci penso proprio. Non ho mai scritto una riga.

MARTINA   Io meno che meno.

LUCIANO   Mi riferivo a qualcun altro...

NICOLA   Non è il pubblicare in sé... Guarda Conconi: da quando ha esordito è come se, non so... Adesso, se lo invitiamo a un dibattito, lo ascoltano con tutto un altro atteggiamento rispetto a una volta. Per essere intelligente, è intelligente come e quanto lo era prima, eppure ha più, non so, più... autorevolezza, adesso che ha pubblicato.

LUCIANO   E soprattutto è l'unico che ti ha letto il manoscritto! L'hai convinto per sfinimento... L'hai sfiancato, a forza di mendicare una lettura.

NICOLA   Ma se non ho mai...

OLGA   Basta battibecchi! Dobbiamo proporre qualcosa di nostro. E non sto parlando di libri da pubblicare...

MARTINA   Un cineforum? No, aspetta, ho capito... Una sfilata di moda!

Nicola è scoppiato a ridere, e Olga ha dato a Luciano un'occhiata di fuoco che significava: «Ma come fa a piacerti questa cretina?!»

3.

NICOLA, dopo le bocciature della scorsa riunione, presenta una nuova lista di scrittori da invitare, tutti poeti dialettali rigorosamente sopra i settant'anni.

La proposta di Nicola viene respinta 3 voti contro 1.

NICOLA ritira la lista seccato («state diventando una banda di integralisti»).

OLGA tira fuori ancora questa storia che non va bene quello che abbiamo fatto finora, è necessario che l'Associazione sviluppi una linea culturale piú incisiva e riconoscibile, non ne può piú di fare la filiale degli uffici stampa delle case editrici, che quando gli chiediamo un libro non ce lo mandano neanche morti e poi però ci tempestano di telefonate per farci organizzare una presentazione dell'ultimo esordiente analfabeta.

Con argomenti convincenti e tono assai garbato, MARTINA dissente affermando che a lei non dispiace passare un po' di tempo al telefono con le addette degli uffici stampa, per esempio con una della Margutti Editore sono diventate amiche, si fanno confidenze sui ragazzi e sui vestiti, l'altroieri l'addetta le ha raccontato che andava a farsi il test di gravidanza perché è in ritardo di due settimane, questa addetta si chiama Federica ed è incerta sul padre dell'eventuale bambino (ma lei preferirebbe una bambina) perché ha appena mollato un fidanzato ma non proprio del tutto mollato, e in effetti un mese fa è andata a letto un po' brilla con l'amico di questo ex fidanzato, cioè non proprio del tutto ex, e–

Molto maleducatamente LUCIANO la interrompe e avanza l'ipotesi Etruschi.

Reazione unanime di MARTINA, NICOLA e OLGA:?

LUCIANO allora si lancia in un'accalorata difesa della proposta etrusca, perché questo è l'anno del Giubileo e la Chiesa cattolica sta scassando la minchia, la religione vaticana è un culto di importazione, tutta la cultura italiana è sempre stata di importazione.

NICOLA gli contesta giustamente i Romani.

Con sicumera LUCIANO gli ribatte che i Romani hanno copiato tutto dagli Etruschi e dai Greci: gli dèi, la letteratura, la filosofia, l'architettura, l'arte.

NICOLA gli dice il diritto, la giurisprudenza quella no che non l'hanno copiata.

LUCIANO dice bella roba per l'appunto i Romani hanno inventato il sistema di polizia delle leggi il potere schifoso dello Stato, e per ironia della sorte il potere è la prima cosa che l'Italia ha perso dopo averlo inventato ed è finita in mano ai barbari i bizantini gli arabi i normanni i francesi gli spagnoli gli austriaci i tedeschi gli americani, non lo ha mai recuperato neanche adesso che l'America ci comanda ancora a bacchetta e l'Europa dice che non siamo liberi di produrre neanche i formaggi con la muffa saporita perché non è igienico (*parla troppo in fretta, non si riesce a trascrivere tutto*).

NICOLA dice e il Rinascimento?

LUCIANO dice con la faccia furbetta bravo dove è nato il Rinascimento?

MARTINA piú pronta di tutti risponde correttamente per prima in Toscana!

LUCIANO dice lasciamo stare che anche il Rinascimento era una scopiazzatura tre quarti della mitologia e della filosofia greca e un quarto della religione protestante e quindi tedesca cioè anche questa importata ma sempre religione cristiana e quindi in definitiva straniera, comunque sono stati i toscani a fare il Rinascimento, i toscani che nelle vene avevano lo spirito etrusco, non a caso Lorenzo il Magnifico si vantava di avere antenati etruschi, e il Rinascimento nessuno l'ha mai detto ma è stato il risveglio delle forze sotterranee a lungo addormentate degli Etruschi, il sorriso di Monna Lisa è il sorriso dell'Apollo di Veio! (*parla troppo veloce, non si riesce a stargli dietro*).

OLGA gli dice mettiamo che questa sparata sia plausibile gli chiede dove vuoi arrivare.

LUCIANO propone di fare un incontro da decidersi dove se in libreria Dora Market o al vecchio cinema d'essai Mito della Caverna sull'unico contributo veramente originale dell'Italia alla storia della cultura cioè gli Etruschi che avevano un alfabeto tutto loro e una lingua talmente originale diversa da tutte le altre che nemmeno oggi si sa che cosa vuol dire.

Con la ponderatezza che la contraddistingue in ogni occasione, MARTINA prega Luciano di parlare piú lentamente.

LUCIANO reagisce sgarbatamente.

Che se lo scriva lui il verbale, allora!

MARTINA interrompe la stesura del verbale.

Prosegue la stesura OLGA.

NICOLA   Scusa un attimo, ma non erano un popolo mediterraneo, mi sembra della Lidia, gli Etruschi che sono sbarcati in Toscana?

LUCIANO   Non è detto, sono solo ipotesi, l'unica cosa sicura indiscutibile è che vivevano in Toscana, e anzi si sono espansi fino a Napoli e in Lombardia, cioè quasi mezza Italia, senza quasi.

OLGA   Mi sembra un po' rivangare i morti che dormono... A chi interessano gli Etruschi?

LUCIANO   A parte che la mitologia greca è vecchia come il cucco, e quella indiana ancora di piú, eppure Rigoberto Malossi ci scrive i libri e dice che gli dèi oggi come oggi sono qui fra noi cioè sono dentro i suoi libri, per non parlare della psicoanalisi e di Edipo... E poi anche la Bibbia, l'Antico Testamento è vecchissimo, eppure è sulla cresta dell'onda, non è che Gesú Cristo sia tanto piú giovane storicamente.

OLGA   Anche ammesso che la cosa abbia un senso, quanto ci costa chiamare un archeologo che venga a fare una conferenza sugli Etruschi?

LUCIANO   Noi non dobbiamo fare nessunissima conferenza di archeologia tombarola, noi presenteremo l'eredità vivente degli Etruschi perpetuata nelle nostre persone, sarà una performance provocatoria ma molto seria sull'identità culturale dell'Italia che ha sempre importato tutto, altro che archeologia! Per esempio fare dei riti alternativi alla Messa, leggere delle preghiere agli dèi etruschi viventi, far vedere come si godevano l'esistenza cioè se la godono in noi che siamo i loro successori, la loro gioia di vivere, di amare!

OLGA   E dove le troviamo le preghiere agli dèi etruschi?

LUCIANO   Le scriviamo noi!

La proposta viene approvata 2 voti contro 1 (MARTINA si astiene).

NICOLA   Erano meglio i miei poeti dialettali.

4.

Chi ce l'avrebbe prestata una sala per onorare gli Etruschi?

Abbiamo fissato un appuntamento con il dottor Lippolis, un funzionario dell'assessorato alla cultura.

Prima però bisognava prepararsi ad affrontarlo.

– Dobbiamo adottare la tecnica del teatro d'improvvisazione, – ha suggerito Olga.

– Unita a quella dello psicodramma, – ha proposto Luciano.

Olga faceva finta di essere Lippolis, il funzionario scagnozzo.

Luciano faceva finta di essere Luciano.

– Mah... Gli Etruschi... Chi è il relatore? – ha finto di dire Olga.

Qui Luciano ha vacillato. Non era facile spiegare che non ci sarebbe stato nessun relatore, a parte noi quattro.

– E che qualifica hanno lorsignori per affrontare un argomento di tale portata? – ha finto di affondare il coltello nella piaga Olga.

Luciano ha fatto finta di esporle che non si sarebbe trattato di una conferenza, ma di un evento, un autentico evento spettacolare, e si è lanciato nel suo discorso ormai collaudato sull'unicità degli Etruschi, il solo contributo veramente originale dell'Italia alla cultura dell'umanità.

Olga Lippolis lo ha troncato dopo due minuti: – Ma questa è un'operazione politica! Le pare che la giunta possa patrocinare un attacco in piena regola a uno dei partiti di maggioranza?

– Guardi che gli Etruschi non sono schierati da nessuna parte, – si difendeva strenuamente Luciano. – Mettono in discussione tutto! La storia scritta dai vincitori, i Romani imperialisti, che li hanno saccheggiati, sottomessi e umiliati... Gli Etruschi sono contro la globalizzazione! Persino i centri sociali approverebbero.

– Siamo una piccola città, grazie a Dio non abbiamo centri sociali... – faceva notare Olga, ormai completamente immedesimata in Lippolis.

– E va be', Olga, la prendi troppo sul serio. Sei disfattista!

– Ma lo faccio apposta. Devi essere pronto a tutto. Bisogna che arrivi lí con argomenti convincenti, per rispondere a qualsiasi obiezione.

– E io? – si è intromessa a questo punto Martina. – Come posso rendermi utile, io?

– Tu niente, – ha detto Nicola. – Tu mettiti una minigonna e sorridi. E stai zitta, soprattutto. Zitta.

La mattina dell'appuntamento, siamo entrati tutti e quattro nell'ufficio del dottor Lippolis.

Luciano ha parlato per venti minuti filati. Un'esposizione chiara, spiritosa, autorevole, coinvolgente, persuasiva.

Il dottor Lippolis lo ha ascoltato con attenzione, senza lasciarsi sfuggire neanche una sillaba. Commentava la verve di Luciano con puntuali sommovimenti di sopracciglia. Alla fine ha preso la parola, e ha fatto un discorso che non dimenticherò mai:

– No.

Non ha aggiunto una parola. D'accordo, si è scusato perché dopo di noi doveva ricevere altre due associazioni, e aveva una riunione tecnica di settore di lí a mezz'ora, ma quanto ai nostri Etruschi, silenzio.

5.

A Enrico Giusti abbiamo offerto una birra: proprietario, gestore, bigliettaio, proiezionista e maschera del cinema d'essai Mito della Caverna.

Aveva addosso la sua famosa camicia amazzone: all'altezza del cuore gli sporgeva una specie di tetta. La monotasca pettorale della camicia era stipata di appunti, tessere, biglietti da visita, scontrini, estratti conto, agendine, banconote, foglie secche. «Il mio ufficio mammario», lo chiamava.

Giusti si è scolato la birra di gusto, ci ha lasciati infervorare per mezz'ora buona. Anche questa volta Luciano ha fatto la parte del leone.

Olga lo spalleggiava con qualche intervento conciso ma ficcante.

Nicola stava zitto, con la faccia scura, neanche fosse stato lui quello da convincere. Si era seduto accanto a Giusti, dall'altra parte del tavolo, fronteggiava gli altri tre dell'associazione. Da quando era stata bocciata la sua proposta sui poeti dialettali, impersonava la controparte.

– Mi rendo conto che non esistono film sugli Etruschi, – si è rammaricato Luciano. – Ma non lo vedrei male un piccolo ciclo sulle civiltà antiche... Polemicamente, chiaro. Per mettere in risalto la grande falsificazione che il cinema ha compiuto ai danni delle autentiche civiltà italiche. Un po' di peplum...

– Peplum? E che è? – ha domandato Martina.

– Peplum, dal latino *peplum*, – ha spiegato Luciano, impassibile, – è l'abito delle donne nella Grecia classica, in greco *peplon*: consisteva in un rettangolo di stoffa di lana drappeggiato sul torace e fermato con una fibula sopra le spalle. Viene chiamato peplum il genere di film prodotti in Italia fra gli anni Cinquanta e Sessanta, ambientati nell'antichità classica, e che a quell'epoca apparve nient'altro che un pretesto per mettere in risalto le forme delle attrici.

– E i muscoli degli attori! – ha aggiunto Olga. – Tutti quegli Ercoli e Macisti...

– *Maciste nella valle dei re, Maciste l'uomo più forte del mondo, Maciste nella terra dei ciclopi, Maciste alla corte del Gran Khan, Maciste contro il vampiro, Maciste contro lo sceicco, Maciste contro Ercole nella valle dei guai, Zorro contro Maciste, Maciste il gladiatore più forte del mondo, Maciste all'inferno, Maciste contro i mostri, Maciste contro i tagliatori di teste, Maciste l'eroe più grande del mondo, Maciste contro i mongoli, Maciste gladiatore di Sparta, Maciste nelle miniere di re Salomone, Maciste nell'inferno di Gengis Khan, Maciste alla corte dello zar, Maciste e la regina di Samar,* – ha snocciolato Enrico Giusti con un riflesso automatico, come se gli avessero premuto un pulsante nel cervello. Al terzo titolo gli erano già venuti gli occhi lucidi. Non abbiamo avuto il coraggio di interromperlo, era troppo commosso.

– Ma anche i kolossal, se vuoi, – ha rincarato Luciano, incoraggiato dalla reazione di Giusti. – *Ben-Hur, Quo vadis…*

– E quello, come si chiama… Quello con Richard Burton ed Elizabeth Taylor…

– *Cleopatra*! – ha esclamato Martina con orgoglio. – Durante le riprese a Cinecittà, la Taylor subí una tracheotomia e si innamorò di Richard Burton… Fu il mitico inizio di una storia d'amore tempestosa… Sbornie, matrimoni, divorzi, ancora matrimoni, ancora divorzi… – ha aggiunto con lo sguardo rapito.

Olga le ha dato uno spintone che l'ha fatta basculare sulla sedia.

Nicola è passato dalla sua faccia buia a una risata.

– E voi che mi avete presa in giro perché ho proposto il cineforum! – è sbottata Martina. Dopo però non ha piú aperto bocca, tutta concentrata nel compito che le era stato affidato: puntare i suoi occhioni azzurri su Enrico Giusti.

Il proprietario e factotum del cinema Mito della Caverna ha detto una cosa che ci ha infastidito tutti:

– Come siete teneri… Come siete belli!

Possibile che a trent'anni suonati ci trattassero tutti come dei ragazzini?

Poi Giusti ci ha domandato: – Avete una mezz'ora?

– Tutto il tempo che vuoi!

– Venite con me.

Ci siamo stretti nella sua automobilina. Dopo due svolte è risultato chiaro dove ci stava accompagnando.

Luciano ha dato di gomito a Olga. – È fatta, – le ha sussurrato in un orecchio, – ci sta! Si è convinto!

La cara, vecchia insegna MITO DELLA CAVERNA era spenta. La saracinesca era abbassata, ma non del tutto. Enrico

Giusti l'ha alzata di un altro mezzo metro. Ci siamo accucciati per entrare.

In platea c'erano un paio di giovanotti che srotolavano una fettuccia centimetrata lungo le pareti.

– Ventidue punto settanta, – ha detto il giovanotto vicino allo schermo.

Dall'altro angolo della sala, il secondo giovanotto ha trascritto la misura su una cartellina.

Siamo rimasti un po' a guardarli, da lontano, in silenzio.

– Ho venduto tutto, – ci ha detto Giusti. – Getto la spugna... Non ci stavo dentro neanche per pagare la bolletta della luce. Il mese prossimo iniziano i lavori.

– Ma dài! E cosa fanno? Una palestra? – ha domandato Nicola.

– Magari! Sarei quasi contento, guarda.

– Un supermercato?

– Peggio!

– Una boutique? Un negozio di scarpe?

– Tu non hai idea!

– Non mi dire! Non farmi pronunciare quell'orrida parola!

– E invece...

– Noooo!

– Sí, purtroppo. È la durissima realtà.

– Un... un FAST FOOD?

– Macché! Una megalibreria! Vi rendete conto? Questi barbari chiudono un nobile cinema per aprire una squallida megalibreria!

6.

LUCIANO   Alla fine, l'unico che ci dà retta è Procacci.
NICOLA   Procacci?! Quello del bar Procacci?!?
LUCIANO   Lui.

OLGA   Ma è una bettola!

NICOLA   Un buco fetido e puzzolente!

LUCIANO   Ohi, andateci piano! È stata una fatica pazzesca convincerlo.

OLGA   Certo che però al Procacci ci vanno quattro vecchiacci sbronzi...

LUCIANO   Avete qualche idea migliore?

NICOLA   Ci si giocano la pensione al videopoker...

MARTINA   La Cumarino ci si è ipotecata la casa, altro che pensione.

OLGA   E quel delinquente di Procacci vedeva e lasciava fare.

MARTINA   L'hanno strappata a forza dal videopoker le sue due figlie gemelle, due ragazzine di dodici anni. Franca Cumarino ha perso la testa dopo che il marito se n'è andato con una. Girolamo Cumarino era scappato con una vigilessa, pensa, questa lo ferma per eccesso di velocità, e lui mentre la vigilessa gli sta facendo la multa le dice «salga su, vedrà anche lei che qui in discesa è impossibile andare sotto i cinquanta». Ottocento chilometri, è durata, quella discesa... Non si sono piú fermati fino ad Amalfi. Un romanticissimo colpo di fulmine. Una fuga d'amore. Che sogno...!

LUCIANO   Avete un'alternativa? Le librerie non ne vogliono sapere...

NICOLA   Certo, per loro non dev'essere molto conveniente. Non hanno mica pile di libri invenduti sugli Etruschi!

OLGA   Sei il solito che vede commercio dappertutto. Il massimo che siamo riusciti a far vendere dopo una presentazione sono state le quattro copie di Conconi.

MARTINA   Mi ricordo, gliele ha comprate sua moglie, che donna innamorata!

LUCIANO   Procacci è contento. L'ho convinto che un po' di cultura fa bene all'immagine del locale.

NICOLA   Eh be'. Gliel'hanno chiuso tre volte per rissa...

OLGA   Che cosa gli hai proposto? Una lettura recitata della «Gazzetta dello Sport»? Con un quartetto d'archi che
esegue in sottofondo la sigla di *Tutto il calcio minuto per
minuto*?

LUCIANO   Fate finta di non capire che siamo a una svol-
ta... Basta con i luoghi ammuffiti della pseudocultu-
ra! Basta con gli scagnozzi degli assessori, i librai in-
canagliti dallo smercio di bestseller... Basta con i soliti quattro gatti che vengono alle presentazioni dei
libri, che si danno ragione da soli... Stiamo diventando pop...

MARTINA   Popolari?

OLGA   Populisti?

NICOLA   Popolani?

LUCIANO   Stiamo diventando pop! Pop e basta!

7.

Ci abbiamo impiegato un mese a preparare la serata
etrusca al bar Procacci. Abbiamo appiccicato un centinaio
di locandine sulle porte a vetri dei negozi, impietosendo
commesse, cassiere, proprietarie, per mendicare mezzo metro quadro in vetrina. Abbiamo fatto attacchinaggio abu-
sivo notturno. Abbiamo distribuito volantini, inviato messaggi di posta elettronica, spedito un centinaio di inviti al
solito indirizzario delle presentazioni di libri. Tutto a nostre spese, naturalmente. Procacci non ha scucito un centesimo.

Sulle locandine, sui volantini, sugli inviti c'era scritto:
«Dal passato, il futuro. L'unico contributo originale
all'Italia. Giovedí 21 aprile, ore 21, bar Procacci di via Procacci, una rivelazione a cura dell'Associazione "Invece della rivoluzione"».

OLGA   Troppi «zione»...

LUCIANO   Eh, lo dici adesso che è tutto già stampato?

OLGA   E poi il passato, il futuro... Manca il presente! Un po' di presente, no?

MARTINA   E mancano gli Etruschi!

LUCIANO   Quelli li sfoderiamo a sorpresa, altrimenti che rivelazione è?

OLGA   Di' la verità, è perché sai che se mettevi «serata etrusca» non veniva nessuno...

MARTINA   Ho letto che gli Etruschi erano gente molto libera, ai banchetti mangiavano distesi sul triclinio con le loro donne, a coppie, tutti e due nudi... Moglie e marito, abbracciati insieme, entrambi avvolti nello stesso mantello, che emozione... Non ti pare, Nic?

Nicola faceva finta di non sentire. Non ha alzato neanche la testa dal tavolo. Gli altri discutevano di pijama party, toga party, triclinio party, buffet in costume. Lui aggiungeva a penna, sulle buste di tutti e cento gli inviti, il seguente messaggio: «Postino! Giovedí 21 aprile alle nove di sera vieni al bar Procacci!»

LUCIANO   Che fai? Ma lo conosci, il postino?

NICOLA   Io no. Ma magari viene. Una persona in piú, non guasta mai.

Nicola aveva cambiato atteggiamento verso l'operazione Etruschi dopo che Luciano e Olga gli avevano chiesto di leggere alcune sue poesie durante la serata.

– D'accordo, i miei versi sono universali... – Nicola aveva chinato il capo dicendolo, – ma che c'entrano con gli Etruschi?

Con estremo tatto, Olga gli ha fatto intendere che sarebbe bastato cambiare qualche parolina: – Qualche piccolissima variante ai tuoi meravigliosi versi…

È stato così che il cantico *All'amore* è diventato in quattro e quattr'otto l'*Inno a Tyran*.

– Così è perfetto, bravo Nic.

– Non so, sono un po' perplesso.

– Guarda, così com'è adesso è ancora più potente, – lo ha tranquillizzato Olga. – Anche prima secondo me avevi scritto una preghiera, ma tu stesso non lo sapevi ancora. Mancava solo l'invocazione a una dea. Tyran, la tiranna dell'amore…

– Ehhh, – ha sospirato Nicola. Gli occhi dolci di Olga lo facevano emozionare. E anche l'idea del suo debutto di poeta in pubblico.

– Sul serio… Ci sono studiosi sicuri che la parola «tiranno» deriva dal nome della dea etrusca dell'amore, Tyran.

– Potrei farmi un tatuaggio finto sul seno, qui, – si è intromessa di corsa Martina, spalancando la scollatura, – Mentre tu leggi l'ultima strofa io mi tolgo il reggiseno e mostro per un attimo il simbolo della passione inciso sul mio cuore. Farà un effetto…! Potremmo fare delle prove finché non ci sincronizziamo alla perfezione!

– No no, per carità… – l'ha dissuasa Nicola coprendosi gli occhi con le mani.

8.

MARTINA   Stai facendo una cura di tabacco?

NICOLA   Che cosa c'è?

MARTINA   È la terza sigaretta in un quarto d'ora! Tutto solo nel cortile… Dài, vieni dentro che si comincia.

NICOLA   È che sono emozionato.

LUCIANO   Voi laggiù, vi annuncio che sono le nove e venti e di là ci sono nove persone.

OLGA   *Persone* è un eufemismo. Li hai guardati bene?

LUCIANO   Scusa, che cos'è che hanno di disumano?

OLGA   I quattro vecchi in prima fila da soli totalizzeranno cinque secoli! Centovent'anni l'uno!

LUCIANO   Non li chiamerei vecchi, che fa miseria. Le due signore sono elegantissime, portano gioielli discreti ma molto raffinati. E i due signori, nonostante l'età, stanno seduti come due nobiluomini.

MARTINA   Nel galateo di Margherita Serotini Bellizzi, la nobiltà viene definita innanzitutto come un modo di stare seduti. Un aristocratico sa troneggiare anche su uno sgabello. Anche su un water, con rispetto parlando.

OLGA   Per fortuna che per pareggiare i conti ci sono i due ubriaconi in fondo alla sala. Sono ancora che smadonnano perché Procacci gli ha spento il videopoker, avevano un tris d'assi...

NICOLA   E poi, chi è venuto?

LUCIANO   Be', c'è Enrico Giusti, fedelissimo.

MARTINA   E quel ragazzo che non si è mai perso neanche una presentazione...

NICOLA   Quello che si fa autografare qualsiasi libro?

OLGA   Lui. Noi però stasera non abbiamo niente da autografargli.

LUCIANO   E poi c'è un tizio con l'impermeabile.

NICOLA   Poi?

LUCIANO   Fine.

NICOLA   Ho capito: fica zero! A parte le due vegliarde...

MARTINA   Per forza... Stasera davano la prima tivú di *Quattro matrimoni e un funerale*...

OLGA   Il nostro target non è esattamente quello di *Quattro matrimoni e un funerale*, voglio sperare!

LUCIANO   E poi ieri c'era la finale di Coppa. E domani l'ultima puntata di sa dio cosa... Ce n'è sempre una!

MARTINA   Cominciamo lo stesso?

9.

Non c'è molto da dire sulla serata al bar Procacci.

Luciano ha fatto la sua tirata sugli Etruschi. Ormai la sapeva a memoria, l'aveva affinata negli innumerevoli incontri con assessori, librai, finanziatori e sponsor mancati.

Poi è venuto il turno di Nicola e di Martina, che si erano accordati per leggere insieme l'*Inno a Tyran*.

Martina aveva rinunciato allo spogliarello con esibizione di seno tatuato. Ma era imbarazzata lo stesso.

– Sarà il caso di leggere proprio tutti i versi dal primo all'ultimo? – ha sussurrato in un orecchio a Nicola.

Ora, non c'è niente di peggio che cambiare le carte in tavola all'ultimo momento.

– Come sarebbe a dire? Sei pazza?

– Ci sono delle cose un po' inadatte per questo pubblico.

– Troppe parolacce per i vecchietti o troppo poche per gli ubriaconi? – ha sghignazzato Olga.

Alla fine però Nicola e Martina hanno letto l'*Inno* tutto intero, una strofa a testa.

C'è stato pure una specie di applauso. Nicola gongolava.

Si è alzato in piedi il tipo con l'impermeabile. Sarebbe stato meglio che lo spalancasse.

– Mi chiedevo... se possibile... restando in tema... a proposito di poesia... vorrei offrire anch'io a questo meraviglioso pubblico un sonetto che ho scritto stanotte...

Il tipo con l'impermeabile si è lanciato a testa bassa nella lettura del sonetto. Sudava copiosamente dalla fronte:

– Amore che mi hai sí sconclusionato... che il mio cuor non ho piú rappezzato...

– Ato!

I due videopokeristi facevano un tifo da stadio, ripetevano le rime.

– Amore che forse sei divertente... non certo per me ma per l'altra gente...
– Ente!
La doppia coppia di anziani elegantoni si depositava calibrati sussurri nelle orecchie.
Enrico Giusti rideva.
Il giovane con gli occhiali stava zitto.
Procacci ogni cinque minuti faceva capolino nella saletta. Ha portato via ai due tifosi di poesia la caraffa di vino ancora mezza piena. A uno ha mollato anche uno scappellotto, con un gesto che voleva essere sofisticato, una sberla da gran signore. A noi dava occhiate di deferenza, si sentiva nobilitato dalla cultura.
Alla fine del sonetto, Enrico Giusti ha domandato al tipo con l'impermeabile:
– Ma lei chi è, scusi.
– Sono il postino!

Quello che doveva essere il gran finale si è ridotto a un'altra pantomima. Olga ha appoggiato su un tavolo del bar una fettina di fegato di vitello ancora non del tutto scongelata (il fegato di capra il macellaio non ce l'aveva).
– Eseguirò un'epatoscopia divinatoria. I numi dei nostri misconosciuti padri stanno per porgerci il loro oracolo.
Luciano si è morso un labbro: – Le avevo detto di non dire «eseguirò»! – ha sibilato. – Sembra un prestigiatore da baraccone, una che dice «eseguirò»!
Il rito aruspicino è stato un disastro. Lo avevamo preparato con la massima cura, studiando e ristudiando la miriade di interpretazioni del fegato di Piacenza, il piú importante reperto sull'epatoscopia, che conteneva lo schema in bronzo delle parti di fegato presidiate dalle varie divinità etrusche. Il pubblico non se ne sarà reso conto, ma Olga ha confuso i settori del fegato dedicati a Tin, Uni e Fufluns. Se ne deve essere accorta lei stessa, perché da quel

momento in poi ha perso tutta la sua enfasi, si sentiva che non era convinta di quello che diceva:

– La passione a lungo sopita, cioè, sta per risvegliarsi... Gli animi indifferenti, ecco, direi che verranno travolti... coloro che possiedono un cuore infuocato è quasi abbastanza sicuro che può darsi che trionferanno... La vita brucia... è... è stato appiccato un grande, sí, diciamo, un incendio nei nostri spiriti... Ma anche nei nostri corpi, anche.

Eppure nelle prove aveva recitato tutto per bene, solennemente, pronunciando i punti esclamativi, spalancando gli occhi, con una faccia da strega assatanata che faceva paura.

I quattro anziani in prima fila sono rimasti impassibili.

Enrico Giusti sorrideva sardonico.

Il poeta postino, ancora emozionato dalla lettura del suo sonetto, passava e ripassava la manica dell'impermeabile sulla fronte sudata.

Il giovane con gli occhiali stava zitto.

– Bravi!... Facciamo un brindisi! – ha rotto il silenzio Procacci.

I due videopokeristi hanno battuto le mani.

10.

Associazione culturale «Invece della rivoluzione».
Verbale di riunione del 25 aprile 2000.
Presenti: Luciano, Martina, Nicola, Olga.
Ordine del giorno: bilancio serata etrusca.

LUCIANO trae un bilancio della serata al bar Procacci. Fa autocritica sulla scelta etrusca.

OLGA apprezza l'autocritica di Luciano e auspica di trovare nuove strade piú consone allo spirito dell'Associazione, che nel corso dei suoi due anni di attività si è dimostrata sempre attenta ai fenomeni della cultura contemporanea. Sottolinea la necessità di non sconfessare questa vocazione per il contemporaneo, rinunciando a cimentarsi in avventurismi di anticagliato culturale (*ma come parla questa?*)

LUCIANO la prega di non infierire.

Con l'equilibrio e la pacatezza che le sono proprie, MARTINA fa da paciera ricordando come, nonostante tutto, l'incontro di ieri sera sia stato seguito con attenzione dall'ottanta per cento del pubblico presente, che ha persino interagito partecipando alla lettura con un contributo originale (*anch'io so parlare in pompa magna se voglio*).

Intendi quel poveraccio poetastro, chiosa villanamente NICOLA.

L'espressione «ottanta per cento» fa scoppiare a ridere OLGA, che sostiene trattarsi di eufemismo statistico.

Abbi pietà, la supplica LUCIANO.

C'erano una decina di persone in tutto, rincara OLGA. Anzi, scusa, Martina, ma quale sarebbe il decimo?

MARTINA ribatte incontestabilmente: Procacci! Ed essendo stata direttamente chiamata in causa, aggiunge che il suddetto proprietario del bar in questione non aveva mai visto un tale concorso di avventori cosí signorili, pari al quaranta per cento del pubblico.

Peccato che nell'euforia del brindisi il venti per cento dissidente abbia rovesciato il vino sulla camicetta di seta di una delle due signorili signore!, contesta OLGA, accecata dal proprio partito preso.

Senza alcuna intenzione polemica, bensí per amore di obiettività che irresistibilmente la spinge da sempre a chiamare le cose con il loro nome, MARTINA taccia Olga di faziosità isterica.

Isterica sarai tu, cretina!, sbraita OLGA.

Cretina?? A me?!

MARTINA interrompe la stesura del verbale.

Prosegue la stesura del verbale LUCIANO.

167

MARTINA e OLGA si accapigliano.

OLGA   Troia!

MARTINA Gatta morta!

NICOLA   Basta! Smettetela.

LUCIANO   Bravo, cerca di separarle.

NICOLA   E tu te ne stai lí a guardare?

LUCIANO   Io devo stendere il verbale!

NICOLA   Sí, ma qua volano ceffoni. Ci danno dentro sul serio.

LUCIANO   Adesso basta davvero, ragazze. Martina, presta la tua spazzola a Olga.

MARTINA Manco per sogno.

LUCIANO   Olga, hai tutto un subbuglio in testa, fai spavento. Su, pettinati che riprendiamo. Propongo di riconsiderare la proposta di Nicola sul ciclo di presentazioni in libreria. Poeti dialettali di chiara fama e carriera consolidata.

NICOLA   Di' pure arteriosclerotici.

LUCIANO   Come sarebbe, non ti interessano piú?

NICOLA   Quella proposta è stata ufficialmente messa ai voti e bocciata.

OLGA   Di' la verità, ci hai preso gusto a leggere le tue, di poesie!

NICOLA   Me l'avete chiesto voi!

LUCIANO   Non ricominciamo. Cerchiamo piuttosto di usare le nostre energie per qualcosa di meglio delle polemiche, tipo inventare qualche iniziativa nuova.

OLGA   Personalmente, la mia nuova iniziativa è che domani presenterò domanda per essere assunta come commessa, con preferenza per i turni serali, cioè proprio negli orari in cui ci riuniamo noi.

NICOLA   Non ne puoi piú dell'Associazione? Ti facciamo cosí tanto schifo?

OLGA   Mi sono stancata di tutte queste beghe.

LUCIANO   Commessa dove?

OLGA   Nella megalibreria che aprono nell'ex cinema di Enrico Giusti. Cercano personale, stanno raccogliendo i curricula.

MARTINA   Attenta che piú del curriculum quelli guardano soprattutto l'aspectum!

OLGA   Troia!

MARTINA   Gatta lessa!

LUCIANO   Non si può fare una riunione in queste condizioni. Nicola, fa' qualcosa!

NICOLA   Sono due furie! Ahi!

11.

Luciano ci è rimasto molto male. Si sentiva responsabile della serata catastrofica al bar Procacci, e di conseguenza anche della riunione che aveva rischiato di mandare in pezzi l'Associazione.

Per di piú, era passato in libreria Dora Market. Lí aveva avuto l'amara sorpresa di trovare un calendario di «incontri con l'autore» esposto sulla porta a vetri.

– A cura di Filippo Poloni? – E chi è?

– Quel ragazzo con gli occhiali che veniva sempre alle vostre presentazioni... Non ti ricordi? Era l'unico che comprava i libri. Se li faceva pure autografare, – ha risposto il libraio.

– Ma se è praticamente sordomuto!

– Sentissi che parlantina, invece. È un ragazzo molto competente.

– Una rassegna di poeti dialettali... Tutti vecchi... Ci ha rubato l'idea!

– Che cosa dovevo fare? – si è giustificato il libraio. – D'altronde, voi non vi siete fatti piú vedere... Gli ho lasciato venti messaggi in segreteria, a Nicola.

12.

Ma Luciano era dispiaciuto soprattutto per Olga. Le telefonava a casa ogni sera.

LUCIANO   Commessa in libreria... Ma sei sicura?

OLGA   Perché, cassiera in supermercato pensi che sia tanto meglio?

LUCIANO   È piú... dignitoso. Hai un dottorato, Olga! In filologia romanza, ti rendi conto? Se vai a fare la libraia ti svendi. Vedrai: diventerai una specie di fiore all'occhiello per loro, ma non ti aspettare che ti paghino in proporzione. Sarà uno sfruttamento bello e buono, per quei quattro soldi che ti daranno. I colleghi della libreria ti guarderanno storto perché sei troppo colta. E augurati di non avere un direttore ignorante! Vedrai quante umiliazioni, se ti capita come direttore del negozio un invidioso che si vendica perché la sai piú lunga di lui.

OLGA   Mentre adesso, in supermercato, sai quante soddisfazioni...

LUCIANO   Non lo so, lo trovo piú rispettoso verso te stessa, guarda. Lí almeno gli dai né piú né meno quello che ti chiedono. Non hanno mica assunto un genio della matematica per sommare i prezzi dei detersivi.

OLGA   Sei mai stato seduto ore e ore a passare codici a barre sul lettore ottico? Hai mai provato a cercare di rimanere concentrato in tutti i modi su un gesto che ripeti mille volte al giorno, perché se ti distrai e dai il resto sbagliato te lo scalano dallo stipendio?

LUCIANO   Olga... Mi dispiace per ieri sera. E per ieri l'altro. Mi dispiace per tutto.

OLGA   Non ti devi scusare. È stato quasi divertente. A parte il graffio sulla guancia. Quella cretina ha le unghie lunghe.

LUCIANO   Eravate due furie.

OLGA   Sono stata stupida io a provocarla.

LUCIANO   Adesso ti scusi tu...! È tutta colpa mia. Ho avuto io l'idea assurda degli Etruschi.

OLGA   Non era per niente assurda. E poi a me è servito, provare a mettermi in gioco. Anche se erano quattro gatti, non avevo mai fatto qualcosa in pubblico da... da protagonista, diciamo. Anche se poi mi sono ingarbugliata con i nomi.

LUCIANO   Te la sei cavata benissimo, invece. Anzi, vuoi che ti dica una cosa?

OLGA   Dimmi.

LUCIANO   Sai che ci hanno fatto i complimenti?

OLGA   Capirai! Enrico Giusti è un amico.

LUCIANO   No, non Giusti. Una delle signore anziane.

OLGA   Quella che le hanno rovesciato addosso il vino?

LUCIANO   No, l'altra.

OLGA   Quando?

LUCIANO   Mi ha telefonato stasera.

OLGA   Ti conosceva?

LUCIANO   Ma no... Era molto formale. Si è scusata cento volte per essersi permessa di chiedere il mio numero di telefono a Procacci.

OLGA   E poi? Che cosa ti ha detto?

LUCIANO   Ha detto che è rimasta molto impressionata. Non le capitava da anni di vedere dei giovani cosí in gamba...

OLGA   Oddio, giovani...

LUCIANO   Anch'io! Ho fatto la stessa gaffe! Le ho detto: «non siamo cosí giovani, signora, abbiamo superato la trentina»!

OLGA   E lei?

LUCIANO   «Non dica sciocchezze...» Mi ha un po' bacchettato. Giustamente. Ne avrà come minimo settanta.

OLGA   Va be', e allora?

LUCIANO   Niente, ha detto che sarebbe molto lusingata di

fare meglio la mia conoscenza, per conversare di cultura e di cose belle...

OLGA   Perché proprio te e non Nicola o...

LUCIANO   O Martina? Eh eh.

OLGA   Per fortuna che viene da ridere anche a te!

LUCIANO   La signora ha detto che io le sono sembrato il
piú... il piú preparato.

OLGA   Preparati, allora, che quella vuole farti la festa!

LUCIANO   Sí, figurati... Settanta, come minimo, ti dico.

OLGA   Come si chiama?

LUCIANO   Barbarani Tiozzi. Giulietta.

OLGA   Giulietta! E hai intenzione di vederla?

LUCIANO   Abbiamo già fissato un appuntamento.

OLGA   Quando?

LUCIANO   Domani pomeriggio.

OLGA   Porti la bimba Giulietta a fare merenda ai giardi-
netti?

LUCIANO   Mi ha invitato lei a casa sua per un tè. A palazzo.

13.

Spesso comunicavamo per posta elettronica.

Nicola ha scritto una lettera a Olga.

Olga ha inserito i suoi commenti come risposta, e ha inol-
trato la lettera anche a Luciano.

Luciano ha fatto altrettanto, e ha mandato la lettera, con
i suoi commenti e quelli di Olga, a Martina.

Martina ha commentato a sua volta, e ha girato il tutto
a Nicola.

La lettera di Nicola è in carattere tondo.
I commenti di Olga sono in corsivo.
<u>I commenti di Luciano sono sottolineati.</u>
I COMMENTI DI MARTINA SONO IN MAIUSCOLETTO.

Cara Olga,

sono addolorato e contento per quello che è successo.

Il solito ambiguo

Addolorato perché l'associazione rischia di sciogliersi. Contento perché questa situazione porta finalmente in superficie cose che sono sempre rimaste sottintese,

HA SCOPERTO L'ACQUA CALDA!

ma che forse sarebbe ora di affrontare. Io sono innamorato di te.

MA VA?

Non te ne sei accorta?

Certo. E, lasciatelo dire, hai un modo un po' stucchevole di far sí che le persone se ne accorgano.

MENTRE TU SEI LA CORTEGGIATRICE RAFFINATA ED ELEGANTE.

Mi fa male, tanto male

tanta bua

vedere che tu sei innamorata di Luciano. Che cos'ha lui che io non ho?

Tanto per dirne una, io non propongo cicli di incontri con poeti dialettali settantenni

Passa per essere l'intellettuale del gruppo, ma se ci pensi il suo carisma l'ha costruito a nostre spese.

Poverini!

Siamo sempre stati ad ascoltarlo, gli abbiamo sempre fatto da pubblico quando si metteva in posa da vulcano di idee.

Complimenti, «in posa da vulcano di idee» è proprio la perla di un poeta

Ma poi queste idee chi doveva realizzarle?

Mi sono sempre sbattuto quanto e piú di tutti voi

Io ho accettato molte proposte di Luciano per amor tuo, perché vedevo che tu eri sempre pronta ad assecondarlo.

Io non l'ho mai «assecondato», si «assecondano» i pazzi, se

*dici cosí fai torto anche a me. Se ho sostenuto parecchie sue
proposte, è perché erano piú interessanti delle tue*
<u>Grazie Olga</u>

CHE ARMONIA… COME SIETE COMMOVENTI!

Mi ferisce profondamente
<u>tantissima bua</u>

constatare che tu ammiri lui piú di me. Non dovrei essere io a dirlo,
però intanto lo dici
ma oggettivamente
<u>viva le scienze esatte</u>

mi sembra di essere creativo quanto lui, se non di piú.
Per fare un esempio, io scrivo, mentre di lui non ho mai letto una riga.
<u>Per fare un esempio, io rispetto a tal punto la scrittura
da evitare se possibile di profanarla, a differenza di qualcun altro…</u>

PERÒ POI SE TI FA COMODO GLI CHIEDI LE POESIE DA LEGGERE AL BAR PROCACCI

Ma tu le mie qualità sembri disprezzarle,
*io non ti disprezzo affatto, e comunque l'amore purtroppo
è un'altra cosa, non c'entra niente con l'ammirazione*
<u>d'accordissimo</u>

GRAZIE, BELL'AMMIRATORE CHE MI RITROVO!

mentre se le stesse cose vengono da Luciano, allora ti illumini, sembra che abbia parlato l'oracolo!
*Non costringermi a essere crudele. Luciano ha un fascino
che tu neanche te lo sogni*
<u>Magari fosse vero…</u>

È MOLTO PIÙ AFFASCINANTE NICOLA, INFATTI

Potrei rifarmi con Martina.

RIFARTI! UNA BELLA SCOPATA PER RIPICCA, PERCHÉ NO?
TANTO IO SONO LA TROIA SENZA SENTIMENTI…

Credi che io non mi renda conto di come mi corteggia
Martina?

ALLORA NON SEI CIECO!

Eppure, invece di lusingarmi, mi dà quasi fastidio che una come

«UNA COME»??

Martina abbia perso la testa per me.

SCUSA TANTO SE TI HO FATTO GLI OCCHI DOLCI, EH!

Tu mi puoi capire, perché anche tu sei in una situazione simile.

Vuoi dire che anch'io come te amo una persona meravigliosa

SI È DATA DELLA PERSONA MERAVIGLIOSA DA SOLA!!!

che non mi ama, e sono amata da un'altra persona che vale un po' meno

E HA DATO A ME E NICOLA DEGLI IMBECILLI

e che però io non amo?

Deve farti rabbia vedere che Luciano è innamorato di una come

ANCORA! «UNA COME» COSA??

Martina.

Su questo hai ragione, non riesco a spiegarmelo

PROVA A FARTI DELLE DOMANDE SU TE STESSA, VEDRAI CHE MAGARI TE LO SPIEGHI

Tu sei una ragazza preziosa, Olga. È un peccato che ti getti via dietro a uno che fa tanto il gradasso ma poi non sa riconoscere dove brillano le qualità vere.

Si fa presto

AH, SI FA PRESTO??

a dire male

A DIRE MALE???

di Martina, ma nessuno di voi ha capito quanto vale quella ragazza

NON SO SE RINGRAZIARTI O PRENDERTI A SCHIAFFI

Baci, Nicola.

Perché non la facciamo finita con queste lagne, e andiamo a letto tutti e quattro insieme?

PORCO!

14

Luciano stava premendo il campanello di villa Barbarani. Non è esatto che non gli passasse nemmeno per la testa di andare a letto con Giulietta Barbarani Tiozzi. Non sarebbe stata neanche la prima volta per lui, avere un rapporto sessuale con un'ultrasessantenne. Eppure Luciano non si considerava un gerontofilo.

Avete mai fatto l'amore a venti, a trent'anni, con una donna o un uomo che hanno mezzo secolo piú di voi? È un'esperienza che vi consiglio. (Preferibilmente, fatelo con me quando ne avrò ottanta).

Anche se voi allo specchio non vi piacete, anche se vi considerate bruttini, una volta che vi troverete nude, o nudi, di fronte al vostro amante o alla vostra amante vecchi, il loro sguardo incredulo vi farà sentire una specie di miracolo. Diventerete una creatura prodigiosa, un regalo stupendo alla loro vita, o a ciò che ne resta. È una sensazione malinconica, talmente malinconica da sfociare nell'euforia. Non ci sono paragoni con nient'altro al mondo.

Ecco che cosa cercava Luciano, di tanto in tanto, dalle sue amanti decrepite. Mentre suonava il campanello di villa Barbarani, ha pensato che sarebbe stato piú che disposto a concedersi a Giulietta, se lei gliela avesse lasciato intendere.

Il cancello della villa sembrava dividere la primavera in due.

Fuori della villa, in piazzale Barbarani, un mendicante era seduto sul marciapiede, accanto a un rettangolo di cartone strappato, dove aveva riassunto in due righe il suo disastroso curriculum. Le macchine sbuffavano i loro gas intestinali. Gli automobilisti sudati si sporgevano dai finestrini per augurarsi abusi sessuali a vicenda.

Dentro il giardino di villa Barbarani, i vegetali secernevano dai loro coloriti organi sessuali fragranti proposte oscene agli insetti di passaggio. L'insolazione faceva impazzire gli insetti, per sbarazzarsi del mal di testa correvano a farsi divorare nelle fauci dei graziosi uccellini. Gli uccellini fischiettavano partiture vecchie di milioni di anni.

La servitú di villa Barbarani doveva avere candeggiato e spazzolato uno per uno tutti i sassolini, prima di disporli lungo il viale d'ingresso. Avrebbero dovuto mettere uno zerbino davanti al cancello, per far pulire le scarpe a chi entrava e non macchiare la ghiaia.

Un maggiordomo dai lineamenti artici sorrideva ai piedi della scala d'ingresso:

– La signora è lieta di riceverla. Mi segua pure.

Mentre attraversava l'atrio e raggiungeva la grande sala, Luciano si è reso conto di non conoscere i nomi degli oggetti che incontrava con lo sguardo. Riconosceva lampadari, candelabri, tele, tavoli intagliati, fruttiere: ma non avrebbe saputo chiamarli con i loro nomi propri, lui che abitava nel mondo dei rasoi elettrici e delle caffettiere d'alluminio.

Un lessico da *connaisseur* antiquario si sporgeva da quei metalli sfolgoranti, sui legni lustrati a olio e cera: e Luciano, che assaporava il mondo principalmente attraverso il linguaggio, ha provato un po' di rammarico per non poterne gustare a pieno lo sfarzo.

Giulietta Barbarani Tiozzi lo attendeva seduta su un divano: o non era piuttosto un sofà, un'ottomana, una *dormeuse*, un canapè, una *vieilleuse*, un triclinio, un *sommier*, un'agrippina, un amorino, una sultana, un *vis-à-vis*?

15.

Giulietta Barbarani Tiozzi lo attendeva seduta su un divano. Luciano ricordava di averle visto un'acconciatura un pochino meno voluminosa, al bar Procacci.

177

«Si è fatta bella per me», ha pensato Luciano.

– Ho fatto preparare il servizio nel gazebo in giardino, – gli ha detto Giulietta. – Che ne dice di prendere un tè all'aperto?

Si sono diretti verso un'ampia porta-finestra. I riquadri trasparenti erano imbevuti di luce verde e azzurra.

Il parco sul retro della villa metteva angoscia da quanto era dolce. Quella piccola foresta elegante era una critica pacata ma inflessibile all'asfalto, alle ferie scaglionate, alla democrazia.

Luciano ha capito che cos'era un gazebo quando ha visto il chiosco dalle colonnine esili che sorreggevano una tettoia ottagonale. Aspettava di prendere posto dopo che Giulietta si fosse seduta. Ha accennato ad abbassarsi, ma è rimasto con il sedere sospeso a mezz'aria, la bocca aperta.

Il complesso marmoreo dietro il gazebo si sarebbe potuto definire una variazione sul tema del putto che fa pipí.

Un semidio in marmo protendeva l'inguine verso il volto di una semidea accosciata. Dal membro eretto di lui sgorgavano deboli zampilli singhiozzanti, a brevi fiotti: un fiotto, una pausa, un altro fiotto. Centravano la bocca della semidea, e sgocciolavano dalla sua lingua di pietra, protesa a tutta forza fuori dalle ganasce. Umidità nerastra e muscosa striava le poppe opulente della semidea di marmo.

La faccia del semidio era deformata da una smorfia. La semidea sorrideva con gli occhi. Il braccio destro, con un gesto petrosamente morbido, sembrava scendere a coprirle le pudenda: in realtà terminava con una carezza dei polpastrelli sulla clitoride minerale. Il braccio sinistro invece si era alzato a soppesare con il palmo i marmorei coglioni del semidio.

– Mio marito era un uomo piuttosto eccentrico, – ha commentato Giulietta senza nemmeno voltarsi verso la statua. – Pensi che quella fontana è stata inaugurata il giorno del nostro decimo anniversario di matrimonio. Me l'ha regalata per immortalare il nostro amore. Non stia lí impalato. Si segga.

– Oh... Grazie. Ma... Non si sentiva un po' a disagio, lei, quando ricevevate degli ospiti?

– La fontana è sempre stata circondata da un anello di siepi altissime. Sono stata io a farle tagliare dopo la morte di mio marito.

Luciano non riusciva a capire che intenzioni avesse quella donna: gli sedeva di fronte con una chicchera di porcellana colma di tè, imperturbabile davanti al piú sguaiato dei monumenti, una scultura con le sue fattezze che faceva del sesso orale all'aria aperta.

Chi era Giulietta Barbarani Tozzi? Un'anziana in vena di scherzi? Una vecchietta malinconica che si prendeva la rivincita su un marito dispotico e sporcaccione? Oppure una donna che, a settant'anni e passa, si accaniva a smantellare ogni ipocrisia, per rispetto verso la morte che si faceva sempre piú vicina?

– Il giorno del nostro decimo anniversario, quando il povero Ruggero ha tolto il telo per inaugurare la fontana, mi è risultato chiaro perché mai mi aveva fatto posare per settimane, con la lingua di fuori e quell'espressione invasata davanti allo scultore, mentre l'artista schizzava disegni presi da tutte le angolature, e modellava mucchi di creta fresca. Alla fine di ogni seduta di posa mi faceva male la mandibola, è curioso come certi muscoli si stanchino cosí facilmente quando facciamo assumere loro atteggiamenti inconsueti...

– È un'immagine un po'... forte, – ha detto Luciano.

– Ma la cosa piú complicata è stata predisporre il congegno idraulico in modo che producesse quei piccoli getti intermittenti. Si direbbe una fontana difettosa, a ben guardare. A volte, riprodurre perfettamente un guasto è piú difficile che allestire una perfetta efficienza, o riparare un'avaria...

L'insistenza sui dettagli tecnici da parte di Giulietta suonava come un invito ad abbandonare ogni imbarazzo.

– Lei era... è bellissima, – ha detto Luciano.

16.

Due ore dopo, quando Luciano è uscito da villa Barbarani, Olga non se n'è accorta. Si era lasciata incantare dall'oroscopo, cosí non ha alzato la testa dal giornale. Era seduta sotto gli ombrelloni, a un tavolino defilato in un angolo di piazzale Barbarani.

– Ciao, – le ha detto Luciano, apparso all'improvviso, in piedi vicino alla sua sedia.

– Co-come hai fatto a riconoscermi? – è trasalita Olga, guardandolo dal basso in alto.

– Sei inconfondibile.

Era un complimento? O una presa per il culo?

– Se è per quello, – ha ripreso a dirle Luciano, – ho riconosciuto anche Nicola. Non ti voltare, è dentro la tabaccheria, ha addosso una tuta da ginnastica e un cappellino da baseball. Sta facendo finta di giocare la schedina. Ti tiene d'occhio. Deve averti seguito. Comunque stai bene con i capelli tinti. Non capisco perché te li sei coperti con quel foulard. Hai bisogno di tempo per abituarti al tuo nuovo aspetto?

Olga era rossa in viso. Farsi scoprire cosí, dopo tre ore di appostamento... Per una stupida distrazione. Per leggere l'oroscopo! Luciano era uscito da villa Barbarani, aveva attraversato tutto il piazzale, era arrivato fino al suo tavolino e lei non si era accorta di niente. E adesso arrossiva come una scema.

– E anche il rossetto, niente male... Sei tutta nuova! Dovresti truccarti piú spesso, sei molto carina. Quegli occhialoni scuri cosí grandi, però... Non saprei.

Non c'era dubbio, la stava prendendo in giro. Olga si sentiva morire. Arrossiva e si vergognava di arrossire.

«Adesso gli getto le braccia al collo, mi metto a singhiozzare, gli dico che lo amo, sono una stupida, mi sono vestita come la caricatura di una donna gelosa perché sono una donna gelosa, ho giocato a fare l'agente segreta, dimmi che non te la sei fatta, giurami che non hai scopato con quella vecchiaccia...»

– Ci sono novità, – l'ha bloccata appena in tempo Luciano. – Ti devo parlare.

Che cosa le stava per dire? Olga ha deglutito, ha chiuso gli occhi dietro gli occhiali neri.

– Dopodomani facciamo colloqui per una decina di posti di assistente di studio. Tu vieni. Io faccio in modo che il colloquio lo fai con me. Chiacchieriamo del piú e del meno per una mezz'ora, poi ci penso io a farti assumere.

Assistente di studio? Colloqui? Assunzioni? Che discorso era? Che cosa c'entrava tutto questo?

– Non è vero che lavoro in amministrazione. Alla Human Resource io non tengo la contabilità: seleziono proprio il personale. Sono un cacciatore di teste, Olga. E domani voglio la tua.

– Un... cacciatore di teste?

– Varie ditte ci descrivono profili professionali di cui hanno bisogno, e noi cerchiamo la gente per loro. Certe volte qui, certe altre in giro per l'Italia. Domani siamo qui. Non lo sanno neanche Martina e Nicola. Non ve l'avevo mai detto perché mi ero imposto di non fare favori ai miei amici. Ma domani farò la prima eccezione. L'unica.

Olga ha riaperto gli occhi. Lo ha guardato bene.

Luciano aveva una faccia sconvolta.

La faccia di uno che ha scopato per due ore di seguito! Ma dài. Con quella vecchiarda? Siamo seri! Devo smetterla con questa fissazione.

– Ho pensato molto a quello che mi hai detto. Oggi cassiera, tra un mese commessa di libreria... Dài, non scherziamo. Mi prometti che domani vieni?!

Su, forza. Sii presente. Di' qualcosa.

– Prendi da bere?

– No grazie, – ha sorriso Luciano. – Avrò in pancia cinque litri di tè. Giulietta non smetteva mai di riempirmi la tazza.

17.

La mattina dopo, Olga si è presentata al colloquio di selezione alla Human Resource. In scarpe da ginnastica sfondate, jeans lerci e capelli spettinati. Aveva addosso piú sporco lei di quanto ne conteneva l'intera palazzina.

Nella sala d'aspetto, le altre candidate alla selezione la fissavano da sopra le loro camicette stirate.

Una porta si è aperta, Luciano è apparso sulla soglia pronunciando il cognome di Olga. Quando l'ha vista conciata in quel modo ha strabuzzato gli occhi per un istante, poi le ha teso assurdamente la mano, presentandosi. Faceva impressione anche lui, in giacca e cravatta.

– Non credere che sia cosí facile mandare tutto a puttane, – le ha mormorato appena ha chiuso la porta.

Olga ha fatto un sorriso sardonico.

Nell'ufficio c'erano tre scrivanie. Due colleghi di Luciano stavano torchiando un paio di ragazze che rispondevano a voce bassa.

Luciano ha fatto accomodare Olga, si è seduto dietro la sua scrivania e ha cominciato a leggere meccanicamente da un formulario.

Luciano faceva le domande.

Olga rispondeva a voce alta, con un tono di sfida.

I colleghi di Luciano hanno interrotto i loro colloqui, sono rimasti ad ascoltare sbigottiti. Le altre due ragazze si lanciavano occhiate.

Luciano soppesava ~~le risposte di Olga, non ne teneva conto~~ *e prendeva appunti negli spazi bianchi del formulario.*

LUCIANO   Bene, cominciamo un po' a conoscerci. Mi parli dei suoi difetti.

OLGA   ~~Non riesco a fare niente per piú di cinque minuti senza pensare a te~~ *Se prendo un impegno nel lavoro tendo a non pensare ad altro finché non l'ho portato a termine, anche a costo di trascurare la mia vita privata.*

LUCIANO   Adesso mi parli dei suoi pregi.

OLGA   ~~Svestita sono meglio di quanto tu immagini~~ *So essere molto discreta e affidabile.*

LUCIANO   Si ritiene una persona soddisfatta?

OLGA   ~~Solo tu potresti soddisfarmi~~ *Piuttosto soddisfatta, ma piú che altro mi preme che soddisfatti di me lo siano gli altri.*

LUCIANO   Le piace lavorare?

OLGA   ~~Le mie giornate preferirei passarle a letto con te~~ *Il lavoro è una delle pochissime cose che danno senso e dignità alla vita, probabilmente la cosa principale insieme alle amicizie e agli affetti.*

LUCIANO   Si ritiene una persona disponibile?

OLGA   ~~Se solo tu lo volessi, farei l'amore con te ogni volta che schiocchi le dita~~ *Penso di avere imparato a riconoscere chi merita la mia disponibilità, nel qual caso non mi risparmio.*

LUCIANO   Quali sono i suoi interessi?

OLGA   ~~Mi interessi solo tu~~ *L'attualità, i quotidiani. Sono una lettrice appassionata di biografie.*

LUCIANO   Quali sport pratica?

OLGA   ~~Mi tocco pensando a te~~ *Vado regolarmènte in piscina. Ogni mattina appena alzata faccio mezz'ora di corsa all'aperto con qualsiasi tempo.*

LUCIANO   Fuma?

OLGA   ~~Sei tu la mia unica droga~~ *Assolutamente no. Mi hanno offerto una sigaretta a diciotto anni ma l'ho trovata disgustosa.*

LUCIANO   Quali sono le sue ambizioni di carriera?

OLGA ~~Fare tre figli con te~~ *Piú che alla carriera, io penso a dare il meglio di me, sono certa che gli eventuali avanzamenti di carriera, se ce ne saranno, arriveranno come naturale conseguenza del mio impegno e dei miei risultati.*

Il colloquio è proseguito per un altro quarto d'ora su questo tono.

Alla fine, Luciano si è alzato in piedi, ha accompagnato Olga alla porta ed è sparito per sempre.

18.

Associazione culturale «Invece della rivoluzione».
Riunione del 18 maggio 2000.
Presenti: Martina, Nicola, Olga. Assente Luciano.
Ordine del giorno: l'assenza di Luciano.

NICOLA ricapitola la situazione.

L'ultima volta che Luciano è stato avvistato, risale a quindici giorni fa, all'uscita da villa Barbarani.

NICOLA mostra i messaggi che ha ricevuto sul telefonino da Luciano.

Sul telefono di NICOLA c'è scritto: «Non mi cercate, va tutto bene. Ciao».

Anche OLGA e MARTINA affermano di avere ricevuto lo stesso messaggio.

NICOLA però insiste perché glielo mostrino ugualmente. Può essere importante anche una piccola variazione.

OLGA e MARTINA si oppongono.

NICOLA strappa di mano il telefonino di Martina e legge: «Tesoro, non mi cercate, va tutto bene. Tanti baci».

MARTINA fulmina con lo sguardo Nicola.

OLGA ringrazia con un sorriso Martina per avere tentato di risparmiarle questa ennesima fitta al cuore.

NICOLA dice che non gliene importa niente di passare per insensibile, bisogna lasciar perdere le beghe tra di noi e le gelosie, dobbiamo fare di tutto per capire come mai Luciano se ne è andato. E dove.

MARTINA dice che lei pensa che un adulto è libero di andare dove vuole senza rendere conto a nessuno.

OLGA dice che però è diverso quando si tratta di un amico che da un giorno all'altro se ne va senza un motivo.

Ecco il punto, dice NICOLA, il motivo. Come facciamo a sapere dov'è andato e soprattutto se sta veramente bene, se non conosciamo il motivo? E se Olga dice che un amico non bisogna abbandonarlo al suo destino, ma poi non è disposta nemmeno a mostrare un messaggio sul telefonino che potrebbe servire ad aiutarlo?

OLGA sbuffa, e butta verso Nicola il suo telefonino in malo modo.

NICOLA lo afferra al volo e dà lettura del messaggio mandato da Luciano a Olga: «Non mi cercate, va tutto bene. Ti hanno chiamato dalla Resource? Fammi sapere. Non fare la stupida, accetta».

NICOLA chiede spiegazioni a Olga.

MARTINA protesta, gli chiede se ha intenzione di fare il poliziotto. Vuole forse trasformare l'Associazione in un'agenzia di investigazioni? Adesso che sono falliti i suoi progetti culturali, tanto vale darsi alle missioni segrete e ai pedinamenti?

NICOLA dice che di pedinamenti ne dovrebbe sapere qualcosa lei, che lo segue dappertutto, travestita nei modi piú assurdi.

MARTINA ribatte che lei di fare queste cose ha smesso da tempo, mentre qualcun altro non ha ancora perso il vizio. Tanto per dirne una, in piazzale Barbarani quindici giorni fa c'era gente che si marcava stretta in occhiali scuri, parrucca e tacchi alti, e pure in tuta da ginnastica e berretto da ragazzino...

NICOLA insorge dicendo a Martina cosa crede che non l'abbia vista travestita da barbone che spiava che cosa era andato a fare lui in tabaccheria?

MARTINA scoppia a ridere dicendo che le dispiace tanto ma Nicola ha avuto le traveggole, lei quel pomeriggio era distesa nuda pacifica dall'estetista, come il simbolo stesso della sincerità...

NICOLA sghignazzando corregge dicendo «guarda che è nuda veritas, non sinceritas», e comunque contesta che si possa prendere a simbolo della sincerità una donna nuda dall'estetista, dove è risaputo che semmai dall'estetista ci si mette nudi per costruire menzogne, perché un corpo sincero sarebbe peloso, mentre invece dall'estetista viene depilato, la pelle sarebbe piena di impurità, e invece... (qui NICOLA elenca una serie di schifezze corporali, evidentemente prendendo a modello se stesso che, per dirne una, a trent'anni ha ancora i brufoli).

MARTINA piccata commenta che si può prendere per il culo finché si vuole il suo modo di esprimersi, ma la sostanza è che lei quel pomeriggio in piazzale Barbarani non c'era.

OLGA interrompe la disputa e racconta la sua versione dei fatti. All'uscita da villa Barbarani, Luciano le è sembrato sconvolto, come uno che ha fatto l'amore per due ore contro natura con una vecchia settantenne schifosa ma, pensandoci bene, anche come uno che ha ricevuto una notizia scioccante.

MARTINA dice che invece di andare a spiarsi l'un l'altra come dei mariti e mogli adulteri l'unica cosa da fare è andare a domandare a villa Barbarani per capire che cosa è successo.

Già fatto, dice OLGA, non c'è piú nessuno, la padrona è morta una settimana fa.

19.

Trascrizione di alcune pagine del diario di Olga.

Il padrone di casa mi ha fatto strada nel mio nuovo appartamento all'ottavo piano. Si è messo a girare un po' con-
trito fra due sedie spaiate, e un armadio con un buco a un
metro e mezzo d'altezza. Il buco era della circonferenza
esatta che si ottiene caricando a testa bassa un armadio con
una rincorsa attraverso tutta la stanza, la sera prima di sui-
cidarsi. Infondeva nel cuore una tristezza inconfutabile.
L'unica maniera di confutarla era cambiare armadio.

– I mobili, posso cambiarli? – ho chiesto al padrone di
casa.

– Guardi, le do un consiglio, si compri un'ascia. Li faccia pure a pezzi.

E, giuro, un'ora dopo sono andata a comprarmi un'ascia,
piú una sega e vari attrezzi per schiodare e svitare.

In poche ore ho ridotto a legna da ardere l'armadio e le
due sedie, piú vari altri fossili domestici.

Tutto sommato è stato il modo migliore per prendere
possesso di questa città, cominciando col distruggerne un
pezzetto.

Poi sono andata in un grande magazzino con un vasto
reparto di arredamento. Per oggi ho comprato sette cuscini giganti.

E cosí sono diventata milanese nel vero senso della parola: non potendo trovare conforto negli esterni, ho cercato di rendere l'interno meno disumano possibile.

Milano è un corpo rivoltato come un guanto.

Le viscere sono fuori, dentro c'è la pelle.

Fuori ci sono i bronchi inquinati, il sistema nervoso delle rotaie e dei cavi elettrici tranviari: l'esterno di Milano
appare come un intestino di sporcizia a cielo aperto, una

187

cirrosi epatica stradale dove circolano globuli grigi a quattro ruote. Se compri un settimanale esposto in edicola da due giorni, con la sua bella camiciola di cellophane, sulle dita ti resta una sabbiolina nera.

La carnagione della città è dentro, l'epidermide si trova al chiuso, c'è tutta una cosmesi arredativa dei locali pubblici. Chilometri quadrati di fondotinta e fard foderano gli appartamenti.

L'architettura milanese è un ammasso di rifugi antiMilano.

Milano è una vecchiaccia con le unghie lerce, i capelli bisunti, le mutande zozze, le orecchie pulite, una dentiera bianchissima e perfetta.

Ho trovato di tutto nel nuovo appartamento, compresa una palla di vetro con il Duomo sotto la neve. Prima di buttare via anche quella, non ho resistito, l'ho rotta per togliermi lo sfizio di sapere di che materia sono fatti i fiocchi di neve finta. Guardavo il piccolo Duomo di plastica accanto ai frantumi di vetro nel lavandino, sembrava che si fosse appena svegliato da un sogno, era un po' stralunato. Come si sarà sentito, una volta esposto all'aria, quel minuscolo paesaggio abituato a rimanere immerso nella sua atmosfera amniotica, perennemente innevata?

Due ore dopo, per la strada mi è passata accanto una donna incinta. Mi è venuto l'impulso di capovolgerla, per suscitare una nevicata turbinosa intorno al suo feto annoiato.

Quali sentimenti nutriranno per me la mia nuova forbicina per le unghie, la mia spugna, la mia carta igienica?

Sono uscita a comprare l'acqua minerale e un vecchio con il bastone mi ha fermato sul marciapiede sotto casa.

– Scusi, – ha fatto un gesto largo indicando vagamente

l'aria, – questa è un'ora meridiana o pomeridiana? – Ha usato proprio queste parole, meridiana, pomeridiana.

– Pomeridiana. È pomeriggio, quindi è un'ora pomeridiana, – ho scandito.

– Ah ecco, grazie.

Mi restano quattro giorni per acclimatarmi con la città prima di iniziare veramente il mio lavoro. Posso passeggiare, fare la spesa, girare per i mercati, leggere i giornali al bar, soprattutto le pagine locali, andare al cinema, risporre i mobili e i cuscini giganti per sfruttare al meglio lo spazio del sottotetto. Ho molto tempo per pensare.

A meno di qualche imprevisto mi si prospetta un certo periodo di castità: tanto per cambiare! Milano è piena di spacci di pornografia, ma li ho evitati per non creare complicazioni sentimentali. Non vorrei mai che un vibratore si innamorasse di me.

Che bello non dare niente per scontato.

Che bello poter dire: guarda qui come parcheggiano selvaggiamente sui marciapiedi, quanto è impossibile fare una passeggiata.

Guarda che strani tipi di pane che vendono.

Guarda quanti cartelloni pubblicitari enormi. Chi l'avrebbe detto che esistono città dove per le strade fanno pubblicità persino ai programmi televisivi, immagini che fanno pubblicità ad altre immagini, che a loro volta fanno pubblicità ad altre immagini... Tutte queste immagini che non vedono l'ora di scappare via da se stesse!

Guarda quanti corrieri in motorino, tutti con un pacco da consegnare.

Guarda quanti orologi stradali issati sui marciapiedi.

Senti come parlano i milanesi, come allargano le vocali strette, come stringono le vocali larghe.

Senti come si riconoscono i tram vecchio modello, com'è diverso il rumore che fanno sulle rotaie da quello dei modelli di tram piú nuovi.

Senti l'aria come si butta a capofitto nelle imboccature d'ingresso della metropolitana, come rotola giú per le rampe.

Senti quanto vento sotterraneo. Sembra che l'aria spostandosi nei cunicoli voglia fare la manutenzione di queste caverne innaturali. Sembra che con il suo andirivieni, nelle pause fra un treno e l'altro, l'aria voglia confermare l'esistenza di queste gallerie trapanate, sostenendole per impedirne il crollo.

20.

Prima di sparire nel nulla, Luciano ha sfruttato la sua posizione alla Human Resource per sistemare Olga. Si sentiva in colpa? Visto che non poteva ricambiare l'amore di Olga, voleva darle almeno un posto di lavoro?

Come scambio in verità era piuttosto tignoso, perché a Olga non è stato fatto firmare nessun contratto. Le hanno proposto una specie di master di due mesi, che poteva fruttare sí un lavoro, ma per ora era un investimento in perdita. E Olga ha addirittura preso in affitto un appartamento per un anno, come se stesse obbedendo alla chiamata di una vocazione. Era cosí innamorata di Luciano da eseguire alla lettera tutto quello che le arrivava da lui?

La Human Resource s.r.l., nelle sue sedi in giro per l'Italia, ha selezionato una cinquantina di persone fra i venti e i trentacinque anni, per conto di una società di raccolta pubblicitaria. Quest'ultima stava lanciando una televisione da diffondere in vari canali, in rete e via cavo, un'idea che all'epoca riusciva ancora ad abbindolare molti inserzionisti pubblicitari.

Alla prima riunione della True Life Tv, manco a farlo

apposta i cinquanta candidati prescelti erano un campione statistico dei modi di agghindarsi della gioventú italiana d'inizio millennio.

I maschi: teste rasate oppure coda di cavallo colorata, giacca e cravatta oppure pantaloni di pelle e giubbino con la cerniera, anfibi corazzati oppure scarpe da ginnastica con due chili di gomma colorata per ciascun piede, sciarpette rosa oppure collana di ferro spinato, pizzetto sul mento oppure barrette di metallo conficcate in vari punti della faccia.

Le femmine: teste rasate oppure coda di cavallo colorata, giacca e cravatta oppure pantaloni di pelle e giubbino con la cerniera, anfibi corazzati oppure scarpe da ginnastica con due chili di gomma colorata per ciascun piede, sciarpette rosa oppure collana di ferro spinato, pizzetto sul mento oppure barrette di metallo conficcate in vari punti della faccia.

Il direttore della True Life Tv, un bell'uomo sulla quarantina, ha cominciato il suo pistolotto:

– Nelle prime tre settimane vi faremo un corso di operatore televisivo con telecamera digitale. Vi insegneremo a mettere in piedi un servizio con i piú aggiornati sistemi di montaggio. Entro la fine del mese prossimo dovrete produrre un servizio di tre minuti. Il contenuto? La vita vera. Non la vita in generale, non i sondaggi. La vita in particolare. Venite tutti da fuori, avete uno sguardo fresco, non sapete ancora nulla, né come si fa la televisione, né come è fatta questa città. Siete molto motivati, avete accettato di mollare tutto in quattro e quattr'otto e di vivere per almeno due mesi a Milano: cosí vi volevamo, state investendo i *vostri* soldi. Molto bene, mettete a frutto tutta questa energia positiva. Andate in giro per la città, fate conoscenza con le persone, fatevi raccontare le loro scelte di vita. Portateci qualcosa di emozionante. Tutto oggi si gioca sull'individuo, sul suo essere singolare e il suo modo di impostare l'esistenza. Sugli scaffali ci sono migliaia di destini, ognuno ha un prezzo. C'è chi ha lavorato duro per comprare la propria sorte. C'è chi l'ha avuta in eredità, c'è chi l'ha rubata. C'è chi addirittura ha inventato da sé un modo di vivere che non esisteva prima. Fateci un ritratto di quello che gli individui si aspettano da se stessi, come hanno scoperto la propria strada, come la stanno percorrendo o sono riusciti a percorrerla. Diffonderemo in rete e via cavo tutti i vostri servizi da tre minuti, ma offriremo un contratto solo ai dieci migliori, forse qualcuno di piú, vedremo, dipende da voi. Continueremo a raccogliere ritratti di persone. Quando True Life Tv verrà lanciata in rete, le richieste di farsi intervistare e riprendere verranno spontaneamente. Metteremo in piedi un archivio di vite. La nostra tivú diventerà una specie di agenzia di relazioni a tutto campo. Offriremo modelli di esistenza da imitare, modelli per far riflettere, e anche per riderci sopra, ma anche ritratti di individui che cercano lavoro, un amico, una persona da sposare, un pubblico a cui leggere le proprie poesie, un produttore che gli finanzi la sceneggiatura, una setta di discepoli con cui fondare una nuova religione, un complice a cui leccare i tacchi a spillo, un circolo di appassionati di briscola, nuovi clienti per una ditta di derattizzazione, tutto. Fate spazio ai narcisisti e ai profeti, agli esibizionisti e ai solitari in cerca di compagnia, ai soddisfatti che non cercano nessuno e agli insoddisfatti che cercano soci, a chi sta bene cosí come sta e a chi ha una grande o piccola impresa economica da avviare. Ve l'ho voluto dire subito, oggi, dal nostro primo incontro, perché iniziate fin da adesso a essere ricettivi. Deve sembrare quello che è e anche quello che non è, si deve rimanere indecisi: è pubblicità? È un video di arte contemporanea? È una indagine sociologica? È un'agenzia matrimoniale? È uno scherzo? Fatevi spuntare le antenne, attivate il vostro settimo senso.

21.

Associazione culturale «Invece della rivoluzione».
Riunione del 20 giugno 2000.
Presenti: Martina, Nicola. Assenti: Luciano e Olga.
Ordine del giorno: varie ed eventuali.

MARTINA chiede a NICOLA se ha senso fare una riunione in due.

NICOLA sostiene che gli dispiace tanto, ma chi se ne va ha sempre torto.

MARTINA dice che appunto, lui se ne va ogni due minuti in cucina, se proprio hanno deciso di portare avanti questa riunione che almeno stia seduto e le dia retta.

NICOLA si giustifica dicendo che sta aspettando che l'acqua si metta a bollire, e si alza di nuovo. Quando torna dalla cucina le offre un tè.

MARTINA accetta. Poi chiede come mai Nicola si sta sbriciolando mezza sigaretta dentro la tazza.

NICOLA spiega che sta cercando di smettere di fumare, e ha pensato che lasciando in infusione un po' di tabacco la nicotina si scioglie nell'acqua calda. È molto piú economico che comprare pasticche in farmacia, e l'organismo intanto assume una piccola dose di nicotina senza patire crisi di astinenza.

MARTINA nota che sono finiti a parlare di vizio del fumo, che è l'argomento piú banale che ci sia dopo i segni zodiacali.

NICOLA le chiede se vuole assaggiare un po' della sua infusione alla nicotina.

MARTINA ribadisce che sono a corto di argomenti, e questo non è bello, in qualità di soci fondatori dell'Associazione non ci stanno facendo una bella figura, ora che le teste pensanti se ne sono andate e che l'Associazione è rimasta in mano a loro due, che dovrebbero dimostrare che nessuno è insostituibile, anche per amor proprio, insomma. Ritiene che dovrebbero innanzitutto decidere che cosa fare dopo la scomparsa di Luciano e il trasferimento di Olga.

NICOLA le porge la tazza di tè alla nicotina.

MARTINA imperterrita rende noto a Nicola che Olga ha deciso di vivere a Milano anche se non dovessero prenderla alla, come si chiama, quella specie di tivú nuova. A costo di fare la lavapiatti non vuole piú tornare a casa.

NICOLA la avverte che l'infusione è un pochino aspra.

MARTINA lo aggredisce chiedendogli se lo fa apposta a non voler affrontare l'argomento Olga, se si rende conto che lei se n'è andata senza riguardi verso chi è rimasto a casa a soffrire.

NICOLA la mette in guardia perché in bocca non si sente una gran differenza, ma soprattutto in gola la nicotina ha un effetto sgradevole, come una specie di grattugia amara, pungente. D'altronde è la stessa identica sensazione delle gomme da masticare alla nicotina che vendono in farmacia, segno che la cura antifumo inventata da lui potrebbe essere un rimedio efficace.

MARTINA sbuffa e assaggia dalla tazza di Nicola un sorso del benedetto infuso alla nicotina. È disgustoso. Non riesce a trattenersi. Lo sputa addosso a Nicola nebulizzandoglielo sulla faccia e sulla maglietta.

NICOLA scoppia a piangere.

MARTINA gli dice che è mortificata, si offre di lavarla e stirarla, non credeva che a quella maglietta ci tenesse cosí tanto!

NICOLA le ingiunge di non dire stupidaggini, ci tiene a precisare che se è scoppiato a piangere è perché Olga se ne è andata. Confessa che sta cercando di smettere di fumare per riprendere un po' di fiducia in se stesso, dopo la delusione di essere stato abbandonato da Olga.

MARTINA gli fa notare che Olga non l'ha propriamente

abbandonato, perché lei e Nicola non si erano mai messi insieme.

Questa puntualizzazione non fa del bene a NICOLA, che singhiozzando prende il lembo di maglietta che gli copre la pancia e lo tira su con tutte e due le mani per detergere dalla faccia le lacrime miste all'infuso di nicotina.

MARTINA fa tanto d'occhi vedendo per la prima volta gli addominali sagomati di Nicola.

NICOLA si toglie la maglietta, rimane a petto nudo con gli occhi rossi e chiede scusa a Martina.

MARTINA gli posa una mano sui pettorali compatti e gli dà un bacio sulle labbra.

NICOLA si lascia baciare.

MARTINA dischiude le labbra e gli infila la lingua in bocca.

NICOLA la mette in guardia sulla propria saliva al gusto di nicotina, non vorrebbe che il bacio le provocasse un altro rigurgito.

MARTINA e NICOLA ridacchiano.

MARTINA gli chiede se oltre alla maglietta può togliersi anche i pantaloni.

NICOLA propone di mettere la richiesta ai voti.

La proposta viene approvata all'unanimità.

MARTINA gli chiede di potergli togliere, questa volta con le sue mani di ragazza innamorata, anche le mutande.

Non c'è bisogno di alcuna votazione.

MARTINA imita scherzosamente un fischio di ammirazione, trova assolutamente fantastico il cazzo di Nicola.

NICOLA esige che l'intervento di Martina venga messo a verbale.

Nicola ha un cazzo fantastico!

MARTINA si mette a cavalcioni di Nicola seduto sul divano, e facendo leva sulle ginocchia incomincia a scoparselo tutto nudo con i calzini.

NICOLA domanda con voce rotta che fine hanno fatto le mutande di Martina.

MARTINA chiarisce che non le ha mai avute, ha smesso di metterle da quando lo ha conosciuto perché gli basta vederlo per inzupparle, tutto quello che ha addosso in questo momento è la camicia e la gonna.

NICOLA teme di spruzzare il suo sperma dentro l'utero di Martina.

MARTINA allora si sfila da Nicola e gli afferra con la mano la radice del cazzone. Lo spompina vigorosamente dentro il suo sorrisino furbo.

NICOLA la avverte che lui sta per venire.

MARTINA gli chiede se preferisce venirle sulla faccia oppure sulle pagine del verbale, e afferra il quaderno avvicinandolo aperto alla zona delle operazioni.

Non c'è tempo di mettere ai voti le due mozioni. Entrambe vengono approvate per acclamazione e immediatamente rese effettive con una sventagliata di schizzi che abbracciano guance e pagine.

22.

Altre pagine dal diario di Olga.

Ci hanno dato una telecamera digitale per ciascuno. Sto familiarizzando con inquadrature, primi piani, tagli in asse. Il montaggio è molto noioso, non immaginavo che fosse una specie di filastrocca recitata con gli occhi, si ripete sempre la stessa nenia con lo sguardo. Una sequenza di cinque secondi si può rivedere anche cinquanta volte. Per ora alla True Life ci fanno lavorare su materiale grezzo che non abbiamo girato noi. In una sequenza c'è il direttore della True Life che chiede un caffè al bar, aspetta in piedi al banco che il barista glielo serva, mette lo zucchero nella tazzina, mescola, lo beve. Per ottenere dieci secondi decenti da tutto questo bisogna guardare e riguardare gli stessi frammenti di sequenza decine di volte, mentre li si fa scorrere da capo sullo schermo del computer, in cerca dell'istante piú adatto per tagliare. A furia di scrutare, ho colto tutti i dettagli piú stupidi, come se dovessi studiare la scena cruciale di un delitto, alla caccia di un indizio. Solo che non c'è nessun delitto, ma soltanto un tipo che ordina un caffè. E poi l'intonazione del direttore, la piccola melodia di tre note che fa la sua voce, «ún cà-ffè», l'ho ascoltata un centinaio di volte, una stupidaggine che diventa un tormentone. Nelle pause, quando andiamo davvero giú al bar, io e gli altri ragazzi, ci viene spontaneo rifarla tale e quale, diciamo «ún cà-ffè» accentuando la melodia delle tre note, sorridiamo. Ci hanno diviso in squadre da cinque, ognuno con un tecnico del montaggio che ci fa vedere come si fa. Gli altri della mia squadra sono due maschi e due femmine. Da come si rivolgono la parola mi sa che sono già andati a letto, a due a due, i maschi con i maschi e le femmine con le femmine, credo, o forse tutti e quattro insieme. Rimane il tecnico, che non mi sembra omosessuale, ma il fatto è che gli sono del tutto indifferente, mi pare. Niente di nuovo, per me. Io sono quella che passa inosservata, sempre.

Anche oggi ho incontrato il vecchio con il bastone.

Questa volta ho tirato fuori la telecamera, ho cominciato a riprenderlo, ma lui non ha detto niente, chissà che cosa pensa che sia. Piú che altro era preoccupato da un dubbio:

– Ma in che città siamo? – mi ha domandato.

– Eh, è un po' inquinata, in effetti, – ho detto.

– Mi scusi, ma io vorrei sapere il nome della città in cui ci troviamo.

Resto affacciata all'abbaino della mansarda a godermi il temporale. Annoto su un foglio i settori del cielo dove cadono i fulmini. Ho deciso che userò la brontoscopia, la cheraunoscopia, la lamposcopia e tutti i sistemi etruschi di lettura dei fulmini e dei tuoni per scegliere la direzione da prendere quando esco di casa. Domani se non piove vado in bici, mi metto a cercare persone da intervistare per l'archivio delle vite.

Non sono capace. Mi imbarazzo, non so attaccare discorso. E poi la gente ne ha fin sopra i capelli di interviste televisive. Non riesco a spiegargli che questa è un'altra cosa. Ma poi, è veramente un'altra cosa? Storie, storie, tutti quanti cercano storie, vogliono storie, promettono storie. La vita si sta trasformando in un racconto. Ma la vita non è un racconto! True Life. La vita vera rotola senza forma, non c'è un inizio, uno svolgimento e una fine coerente. Se non hai una storia da raccontare non puoi vendere niente, meno che meno te stesso. Se vuoi vendere un prodotto devi ricamarci una storia intorno. Se vuoi vendere una canzone devi girarci sopra il suo bravo filmatino. Arrivo con la mia piccola telecamera digitale, e sono la prima a vergognarmi, quando dovrebbe essere chi sta di fronte all'obiettivo a farsi problemi. Invece sono abituati a lasciarsi riprendere, sono perfettamente a loro agio, ma il problema è un altro, è che non ne possono piú. Hanno capito che di fatto stanno lavorando gratis per chi li filma, non hanno tempo da perdere.

Tra una settimana dovrebbe essere pronto tutto, sabato prossimo c'è la riunione finale per la proiezione dei cinquanta ritratti. Mi sa che è meglio se comincio subito a cercare un posto da lavapiatti.

23.

Il servizio filmato di Olga era il quarantaseiesimo della lista.

I quarantasette candidati (tre avevano rinunciato) stavano seduti in una specie di aula universitaria con i banchi a gradoni. Scendevano in ordine alfabetico, chiamati dal direttore della True Life, tenevano stretta fra le mani la loro brava cassetta, la inserivano a turno nel videoregistratore.

Come tutti quelli che dovevano ancora essere esaminati, anche Olga ha provato un certo sollievo a vedere i ritratti filmati che passavano sul grande schermo. I suoi eventuali futuri colleghi non si sono di certo sprecati in inchieste spericolate. Tutto ciò che hanno saputo raggranellare in giro per Milano erano interviste a portinaie, vigili urbani, edicolanti, venditori stradali di ombrelli. Il buttafuori di un locale notturno è stato ripreso cosí male che lo schermo era praticamente nero. Tanto valeva usare un registratore audio!

– Ho voluto rendere il senso della notte, – ha spiegato tutto fiero l'autore del black out, un ragazzo sui venticinque anni.

Il meno peggio è stato proiettato prima che toccasse a Olga. Era il ritratto di un netturbino che in cinque anni di lavoro aveva trovato tre neonati ancora vivi nei cassonetti della spazzatura, e che per questo nel quartiere è stato soprannominato «l'Ostetrico».

Nel filmato di Olga c'era un vecchio con il bastone che in un paio di minuti chiedeva alla telecamera che giorno era, si faceva leggere la carta d'identità per sapere come si chiamava, voleva sapere il proprio indirizzo, quanti anni aveva, se era maschio o femmina, in che parte del mondo era vissuto, che cosa aveva fatto nella vita. Dal montaggio si capiva chiaramente che tutte queste domande il vecchio le aveva fatte in giorni diversi, ma sempre sullo stesso marciapiede, probabilmente a due passi dal suo portone di casa. In effetti, il portone compariva nell'ultima inquadratura: il vecchio usciva sulla strada, dava un'occhiata verso l'alto stringendo un po' gli occhi, come se si stesse chiedendo che cos'era quella cosa azzurra sopra i tetti dei palazzi.

La disintegrazione di una personalità in due minuti. Morbo di Alzheimer, evidentemente. La memoria di una vita intera che si sfascia dentro la testa di un essere umano, fino a corrodere anche la consapevolezza di essere un'essere umano. Ma tutte queste cose il filmato si guardava bene dal dirle. Le mostrava, punto e basta.

«Chissà se questi cinquanta imbecilli capiranno», si domandava Olga guardando gli altri candidati seduti sui gradoni mentre scorrevano le immagini del vecchio. «Chissà se il direttore la prenderà per quello che è, una palata di fango addosso al suo progetto di archiviazione dei desideri».

Alla fine del filmato c'è stato un lunghissimo secondo di silenzio. Sui gradoni erano tutti ammutoliti. Poi è scoppiato l'applauso. Ha battuto le mani anche il direttore.

L'ultimo filmato era un'inquadratura fissa. Sembrava che l'avesse girato l'intervistatore del buttafuori, ma questa volta di giorno. Si vedeva una luce lattiginosa e nient'altro. Una voce dentro il video raccontava che un giorno aveva conosciuto un'anziana signora a cui restavano pochi giorni di vita. In poche parole, la signora aveva deciso di finanziargli un desiderio, qualsiasi esso fosse. Avrebbe fatto il suo nome nel testamento, e i soldi gli sarebbero stati dati purché lui lo avesse messo in atto subito.

La luce lattiginosa è diventata a poco a poco l'inquadratura sfuocata di una sagoma, una specie di grossa ipsilon maiuscola: Y.

La voce dentro il video ha detto che il suo desiderio piú grande era estirpare da sé la fonte di un amore sbagliato, liberarsi una volta per sempre dall'imbroglio dell'amore. Il notaio esecutore testamentario aveva provveduto a erogare la somma necessaria a pagare la clinica.

L'inquadratura ora metteva a fuoco la Y, mostrava nitidamente il bacino di un essere umano senza organi sessua-

li, completamente piatto. Le cosce si sono divaricate, la Y
è diventata una X, sull'inguine c'era un forellino appena
distinguibile.

Olga si è piegata sulla sedia vomitando caffè inacidito.

24.

Associazione culturale «Invece della rivoluzione».
Riunione (?) del 15 agosto 2000.
Presenti: Martina.
Oggetto: lettera a Olga.

Olga, ai morti si perdona tutto, ma a patto di dirgli la
verità.

Come minimo, io al posto tuo sarei corsa dall'autore del
ritratto filmato, per farmi dare l'indirizzo. E poi sarei andata da Luciano a dirgliene quattro. Ah, Olga, Olga! Perché non ti sei fatta sentire? Capisco che tu non ti sia fatta
viva con me, a quanto pare sono (soprattutto?) io la causa
dell'assurda castrazione premeditata di Luciano, ma almeno Nicola potevi chiamarlo.

Sapessi quanto ha pianto, Nicola, al funerale. È stato
l'unico quarto d'ora in cui la gelosia non mi ha fatto venire verde di rabbia, scusa se te lo dico.

Quell'eunuco smidollato cinico di Luciano non si è fatto
vedere al tuo funerale, chissà dov'è adesso, evidentemente
ha raggiunto il nirvana dell'indifferenza, dopo essersi fatto
tagliare i coglioni e tutto il resto. Anche questa è una notizia che forse potevo risparmiarti, ma la vita non ha senso se
non si dice tutto, e la morte ancora meno (a proposito, sono io che ho verbalizzato tutta questa storia: intendo dire,
non solo qualche resoconto delle riunioni e questa lettera.
Tranne il tuo diario, ho scritto io anche il resto).

Noi ci siamo andati dall'autore del filmato, a Milano,

ma era troppo tardi. L'indirizzo che ci ha dato è un albergo, e la stanza dove abitava Luciano, indovina un po', era stata abbandonata pochi giorni prima.

La bara è arrivata da Milano chiusa, e chiusa è rimasta, naturalmente. Non eri una bella ragazza, lasciati dire anche questo, ma non ce la saremmo sentita di vedere che cosa restava di te dopo un volo di otto piani.

Il padrone della mansarda dove abitavi e da dove ti sei... Be', il padrone è un uomo gentile, si è incaricato di spedirci i mobili che ti eri comprata. La verità però è che forse gli fa troppa impressione tenerli. Per dirla tutta, fa impressione anche a noi, non li vogliamo assolutamente. Gli abbiamo detto di comprarsi un'ascia, se non ce n'è ancora una lí nella mansarda. Quanto alla bici, che la regali pure o la faccia rottamare, se preferisce.

«Noi» siamo io e Nicola, che fra due mesi ci sposiamo. Abbiamo già fatto i documenti. Aspetto un bambino. Quando l'ho detto a Nicola ci siamo guardati negli occhi, per qualche istante, tutti e due molto seri, poi siamo scoppiati a ridere. Sí, ti volevo dire anche questo. Io e Nicola ci siamo capiti al volo, dopo quell'attimo di silenzio: come ti dicevo, abbiamo riso, è stato piú forte di noi, perché sapevamo che cosa stavamo pensando tutti e due contemporaneamente. Infatti Nicola ha detto:

– Se è una femmina, non la chiameremo Olga.

– E se è un maschio, non lo chiameremo Luciano, – ho detto io.

Indice

*Stampato per conto della Casa editrice Einaudi
presso Milanostampa s. p. a., Farigliano (Cuneo)*

C.L. 16530

Ristampa										Anno
1	2	3	4	5	6	7	2003	2004	2005	2006

Narrativa in lingua italiana

I contemporanei

Niccolò Ammanniti, *Branchie*, Stile libero
– *Io non ho paura*, Stile libero
Edoardo Angelino, *L'inverno dei Mongoli*, I coralli
Anticorpi. Racconti e forme di esperienza inquieta, I coralli
Michelangelo Antonioni, *Quel bowling sul Tevere*, Einaudi Tascabili
Alberto Arbasino, *Fratelli d'Italia*, Gli struzzi
– *Specchio delle mie brame*, Nuovi Coralli
Ivan Arnaldi, *Il Bisonte Bianco*, Nuovi Coralli
Alberto Asor Rosa, *L'alba di un mondo nuovo*, Supercoralli
Eraldo Baldini, Carlo Lucarelli, Giampiero Rigosi, *Medical Thriller*, Stile libero
Alessandro Banda, *Dolcezze del rancore*, I coralli
Fabrizio Battistelli, *Il Conclave*, Nuovi Coralli
Cesare Battisti, *L'ombra rossa*, Einaudi Tascabili/Vertigo
Giorgio Mario Bergamo, *Addio a Recanati*, Nuovi Coralli
Ubaldo Bertoli, *La quarantasettesima*, Nuovi Coralli
Maurizio Bettini, *Con i libri*, I coralli
– *In fondo al cuore, Eccellenza*, Supercoralli
Alberto Bevilacqua, *La polvere sull'erba*, Einaudi Tascabili
– *Viaggio al principio del giorno*, Einaudi Tascabili
Francesco Biamonti, *L'angelo di Avrigue*, Einaudi Tascabili
– *Attesa sul mare*, Supercoralli, Einaudi Tascabili
– *Le parole la notte*, Supercoralli
– *Vento largo*, Supercoralli, Einaudi Tascabili
Angela Bianchini, *Le nostre distanze*, Einaudi Tascabili
Renzo Biasion, *Sagapò*, Einaudi Tascabili
Guido Blumir, *Marihuana*, Stile libero
Luciano Bolis, *Il mio granello di sabbia*, Einaudi Tascabili
Giuseppe Bonaviri, *La contrada degli ulivi*, Nuovi Coralli
– *Il sarto della strada lunga*, Nuovi Coralli
Caterina Bonvicini, *Penelope per gioco*, I coralli
Tommaso Bordonaro, *La spartenza*, Nuovi Coralli
Marco Bosonetto, *Il sottolineatore solitario*, I coralli

Cuori elettrici, Stile libero
Sandrone Dazieri, *La cura del gorilla*, Stile libero
Fabrizio De André e Alessandro Gennari, *Un destino ridicolo*, I coralli
Andrea De Carlo, *Due di due*, Einaudi Tascabili
– *Macno*, Einaudi Tascabili
– *Tecniche di seduzione*, Einaudi Tascabili
– *Treno di panna*, Einaudi Tascabili
– *Uccelli da gabbia e da voliera*, Einaudi Tascabili
– *Uto*, Einaudi Tascabili
– *Yucatan*, Einaudi Tascabili
Giancarlo De Cataldo, *Romanzo criminale*, Stile libero
Oreste Del Buono, *La nostra età*, Nuovi Coralli
Daniele Del Giudice, *Atlante occidentale*, Supercoralli, Einaudi Tascabili
– *Mania*, Supercoralli
– *Staccando l'ombra da terra*, Supercoralli, Einaudi Tascabili
– *Lo stadio di Wimbledon*, Einaudi Tascabili
Erminia Dell'Oro, *L'abbandono. Una storia eritrea*, Nuovi Coralli
Giorgio de Marchis, *Il pittore, l'umanista e il cagnolino*, I coralli
Diego De Silva, *Certi bambini*, I coralli
– *La donna di scorta*, Einaudi Tascabili
– *Voglio guardare*, L'Arcipelago
Giuseppe Di Costanzo, *Lo sciacallo*, I coralli
Disertori, Stile libero
Valerio Evangelisti, *Black Flag*, Stile libero
– *Metallo urlante*, Einaudi Tascabili/Vertigo
Antonio Faeti, *Il ventre del comunista*, I coralli
Ernesto Ferrero, *L'anno dell'Indiano*, Supercoralli
– *N.*, Supercoralli, Einaudi Tascabili
Franco Ferrucci, *Fuochi*, Supercoralli
– *Lontano da casa*, Supercoralli
Giuseppe Fiori, *Sonetàula*, I coralli
Bianca Fo Garambois, *Io, da grande, mi sposo un partigiano. La ringhiera dei miei vent'anni*, Einaudi Tascabili
Marcello Fois, *Dura madre*, I coralli
– *Ferro Recente*, Einaudi Tascabili
– *Meglio morti*, Einaudi Tascabili
– *Piccole storie nere*, L'Arcipelago
Marco Forti, *In Versilia e nel tempo*, Nuovi Coralli
Mario Fortunato, *Amore, romanzi e altre scoperte*, Einaudi Tascabili
– *L'arte di perdere peso*, Supercoralli, Einaudi Tascabili
– *Luoghi naturali*, Nuovi Coralli

210

Michele Mari, *La stiva e l'abisso*, Einaudi Tascabili
– *Tutto il ferro della torre Eiffel*, Supercoralli
Francesca Mazzucato, *Hot Line. Storia di un'ossessione*, I coralli
Vincenzo Mollica, *Romanzetto esci dal mio petto*, Einaudi Tascabili
Giulio Mozzi, *Fantasmi e fughe*, Stile libero
– *La felicità terrena*, I coralli
– *Fiction*, I coralli
Francesco Fausto Nitti, *Il maggiore è un rosso*, Nuovi Coralli
Paolo Nori, *Bassotuba non c'è*, Stile libero
– *Diavoli*, Stile libero
– *Grandi ustionati*, Stile libero
– *Si chiama Francesca, questo romanzo*, Stile libero
– *Spinoza*, Stile libero
Aldo Nove, *Amore mio infinito*, Stile libero
– *Puerto Plata Market*, Stile libero
– *Superwoobinda*, Stile libero
Sandro Onofri, *Cose che succedono*, Stile libero
– *Registro di classe*, Stile libero
Giovanni Orelli, *Il sogno di Walacek*, Nuovi Coralli
Nico Orengo, *L'allodola e il cinghiale*, I coralli
– *L'autunno della signora Waal*, Supercoralli
– *La curva del Latte*, Supercoralli
– *Dogana d'amore*, Einaudi Tascabili
– *Figura gigante*, Nuovi Coralli
– *La guerra del basilico*, Supercoralli
– *Miramare*, Nuovi Coralli
– *L'ospite celeste*, Supercoralli
– *Ribes*, Supercoralli
– *Le rose di Evita*, Supercoralli, Einaudi Tascabili
– *Il salto dell'acciuga*, I coralli, L'Arcipelago
– *Gli spiccioli di Montale*, I coralli
Ottiero Ottieri, *I due amori*, Supercoralli
I padri fondatori, Einaudi Tascabili
Antonio Pascale, *La città distratta*, Stile libero
– *La manutenzione degli affetti*, L'Arcipelago
Umberto Pavia, *Quaderno dei temi*, Nuovi Coralli
Cristina Peri Rossi, *Il Museo degli Sforzi Inutili*, Nuovi Coralli
Tommaso Pincio, *Un amore dell'altro mondo*, Stile libero
Roberto Piumini, *Caratteristiche del bosco sacro*, I coralli
– *La rosa di Brod*, I coralli
– *Lo stralisco. Il ritratto segreto. Filippo Prato*, Einaudi Tascabili
– *Le virtú corporali*, I coralli

Aldo Pomini, *Il ballo dei pescicani*, Saggi
– *Memorie di un contrabbandiere*, Nuovi Coralli
Giorgio Pressburger, *Di vento e di fuoco*, Supercoralli
– *La neve e la colpa*, Supercoralli
– e Nicola Pressburger, *L'elefante verde*, Einaudi Tascabili
– *Storie dell'Ottavo Distretto*, Einaudi Tascabili
Romana Pucci, *La volanda*, Nuovi Coralli
Racconti del sabato sera, Einaudi Tascabili
Fabrizia Ramondino, *Althénopis*, Einaudi Tascabili
– *Guerra d'infanzia e di Spagna*, Supercoralli
– *In viaggio*, I coralli
– *L'isola riflessa*, Supercoralli
– *Passaggio a Trieste,* Supercoralli
– *Storie di patio*, Nuovi Coralli
– *Un giorno e mezzo*, Supercoralli, Einaudi Tascabili
Ermanno Rea, *Mistero napoletano*, Einaudi Tascabili
– *L'ultima lezione,* Einaudi Tascabili
Nuto Revelli, *Il disperso di Marburg,* I coralli, Einaudi Tascabili
– *La guerra dei poveri*, Einaudi Tascabili
– *Il prete giusto*, Gli struzzi
– *La strada del davai*, Gli struzzi
Giorgio Soavi, *Un banco di nebbia*, Einaudi Tascabili
Mario Rigoni Stern, *Amore di confine*, Supercoralli, Einaudi Tascabili
– *L'anno della vittoria*, Nuovi Coralli
– *Arboreto salvatico*, Supercoralli, Einaudi Tascabili
– *Il bosco degli urogalli*, Nuovi Coralli, Einaudi Tascabili
– *Inverni lontani*, I coralli
– *Il libro degli animali*, Einaudi Tascabili
– *Quota Albania*, Nuovi Coralli
– *Sentieri sotto la neve*, Supercoralli, Einaudi Tascabili
– *Il sergente nella neve*, Nuovi Coralli, Supercoralli
– *Il sergente nella neve. Ritorno sul Don*, Einaudi Tascabili
– *Le stagioni di Giacomo*, Supercoralli, Einaudi Tascabili
– *Storia di Tönle*, Nuovi Coralli
– *Storia di Tönle. L'anno della vittoria*, Einaudi Tascabili
– *Tra due guerre*, Supercoralli
– *L'ultima partita a carte*, L'Arcipelago
– *Uomini, boschi e api*, Nuovi Coralli, Einaudi Tascabili
Giampiero Rigosi, *Notturno bus,* Stile libero
Giose Rimanelli, *Tiro al piccione*, Einaudi Tascabili
Livio Romano, *Mistandivò*, Stile libero
Fabrizio Rondolino, *Niente da segnalare*, Einaudi Tascabili

batteries, dinner
reading glasses! + light
check glasses
ear plugs?